LE CIMETIÈRE DES ASTRONEFS

DU MÊME AUTEUR
DANS LA MÊME COLLECTION :

Demain matin, au chant du tueur !
La Taverne de l'Espoir
Le Viêt-nam au futur simple
L'Ange du désert
La Ville d'Acier (L'Ange du désert - 2)

Les Flammes de la Nuit :

Première époque : Rowena
Deuxième époque : Le Fou
Troisième époque : Les Cavaliers dorés
Quatrième époque : Soleil pourpre, soleil noir

Pour une poignée d'helix pomatias
Le Diable à quatre
Sylvana
Désirs cruels
L'Antre du Serpent (Les Antipodes - Tome 1)
Le refuge de l'agneau (Les Antipodes - Tome 2)

MICHEL PAGEL

LE CIMETIÈRE DES ASTRONEFS

FLEUVE NOIR
ANTICIPATION

ISBN 2-265-04551-9
ISSN 0768-3014

« Peut-on attrapper un photon en lui mettant du sel sur la queue ? »

Robert Heinlein, *Route de la Goire*

REMERCIEMENTS

L'auteur tient à exprimer sa plus profonde gratitude à l'homme sans qui ce roman n'eût jamais pu être écrit : celui des quatre évangélistes — son nom m'échappe pour le moment —, qui, en faisant dire à son personnage, un certain Jésus-Christ, *Tu es Pierre et sur cette pierre, je bâtirai mon église,* a tout de même commis le premier calembour homologué de l'histoire.

De tout cœur, merci !

A Red Deff et Félix Chapel,
Qu'est-ce qu'on s'éclate !

CHAPITRE PREMIER

J'introduis le condensateur de positrons dans l'avaleur de pièces universel. Il se met en place en cliquetant.

L'astro démarre.

Je me renverse en arrière sur mon siège et je tire une bouffée du cigare que je viens d'allumer.

Entre *Betty* et moi, c'est une longue histoire d'amour.

Je l'ai achetée il y a cinq ans, dans une casse minable, du côté de Rigel IV, au moment où un sagouin pédonculé s'apprêtait à la passer au désintégrateur. J'étais venu là chercher un palpeur de mirette pour la ruine qui me trimballait avant, et je furetais depuis une heure ou deux dans un véritable foutoir de carcasses explosées et de joints huileux quand je l'ai vue.

Elle.

Betty…

On la traînait vers la porte grande ouverte du hangar à désintégration, parce qu'elle n'était visiblement plus en état de voler. Son flanc droit avait l'air à peu près intact, mais quelque chose avait traversé le gauche, quelque chose du genre obus ou météorite. Rien qu'avec les fils qui jaillissaient de ses entrailles et les circuits qui s'en échappaient à chaque cahot, on aurait pu monter un poste de tridi. L'arrière aussi avait souffert : grosso modo, on pouvait estimer qu'il ne restait pas un seul stabilisateur en bon état. Quant aux deux mitrailleuses laser fixées à l'avant, sous la coque, elles avaient disparu. C'étaient sans doute les seules grosses pièces qui fonctionnaient encore quand le casseur avait acheté l'épave. Le mot s'appliquait parfaitement : c'était une épave ! En plus, le modèle n'était pas récent. Il y avait bien deux siècles qu'on ne fabriquait plus d'astros en forme de raie manta tétanisée, avec des hublots sur les côtés et un globe de plexydur au-dessus du pilote. Une antiquité. Plus bonne à rien.

Je l'ai eue au prix du métal.

J'ai craqué.

D'abord, il y avait ce nom, *Betty*, qui s'étalait au bord de l'habitacle, en lettres d'or passées, près de l'image à demi effacée d'une brune pin-up humaine. Ensuite, il y avait une question sentimentale : *Betty* était — et est toujours — le sosie parfait d'*Ulla*, le premier astro que j'aie jamais fracassé sur un astéroïde ; mon père me l'avait prêté en me faisant promettre de le lui ramener avant minuit. Il m'avait fallu six semaines pour revenir de ma virée sur Bangormaine, à peine à trois cent mille kilomètres de la maison. Un vrai film d'horreur.

Alors, en la voyant ainsi courir à la mort, j'ai senti monter une larme. Cet astro déglingué, ce monceau de métal et de plastique inutile, il m'a semblé qu'il faisait un peu partie de ma famille. J'ai eu l'impression de le voir me sourire. Tristement. Et moi, je n'ai jamais su résister à un sourire.

Et puis, il y avait quand même autre chose...

Il y avait mon détecteur de glamoune qui s'emballait comme un fou dans ma poche poitrine de combi. Je le branche toujours quand je fais les casses : on ne sait jamais. En général, ça ne donne rien, parce que les revendeurs ne sont pas idiots, mais là, j'avais vraiment affaire à des ploucs : cet appareil était équipé d'un hyperpropulseur et ils n'avaient pas pensé à l'enlever. Ne savaient peut-être même pas ce que c'était.

N'écoutant que mon bon cœur, je me suis précipité à la rescousse de ma nouvelle bien-aimée en sortant ma sphère de crédit.

Un message radio de la surveillance me fait sursauter. Autorisation de décoller. Banco. Je branche les propulseurs et soulève *Betty* du sol, quittant sans remords Tadell, la capitale de cette planète pourrie qu'est Givrée — la bien nommée. Je ne m'y suis arrêté que pour une brève réparation et j'ai déjà eu le temps de me les geler dans les hangars de l'astroport. Maintenant que *Betty* tourne rond, je vais pouvoir faire ma livraison sans traîner et me tirer vite fait vers un monde meilleur. Un monde plus chaud, en tout cas. J'attends d'avoir pris trois mille mètres d'altitude pour confier le soin du pilotage à l'ordinateur de bord. Sur Givrée, il est interdit aux astros de circuler à moins de deux mille cinq cents mètres de la surface, histoire de ne pas se trouver sur le chemin des glisseurs nouveau modèle qui montent bien plus haut que les anciens.

— A toi, *Betty* ! déclaré-je en abandonnant les contrôles.

Betty, bien entendu, ne répond rien. Elle n'est pas équipée d'une voix synthétique, et si j'ai un jour les moyens de lui en payer une, je veux bien être changé en gitouille bossue.

En revanche, son hyperpropulseur est en parfait état de marche. Comme je l'espérais en achetant la carcasse, la cuve à glamoune ne s'était pas fendue et la précieuse substance reposait toujours dans son enveloppe de titane. *Merveilleuse* substance que la glamoune ! Le seul corps de l'univers connu qui produit de l'énergie sans se détruire mais, au contraire, en se régénérant par compactage spontané en atomes des noyaux fendus et des électrons dispersés, puis des atomes en molécules. La glamoune, c'est la porte de l'hyperespace, la panacée. Pour moi, une cuve à glamoune intacte, c'était comme un parfum de liberté...

Le reste du propulseur était un peu endommagé, mais rien de grave. Il n'aurait dû y avoir qu'à l'ôter de son logement pour le bricoler un peu, puis à le remettre en place dans un astro neuf.

C'est là que les choses ont commencé à se gâter.

Le haut de la cuve à glamoune avait fondu. Oh,

elle ne fuyait pas. En fait, rien ne pouvait l'empêcher de fonctionner normalement. Tant qu'on ne cherchait pas à la séparer de la coque de *Betty*, à laquelle elle s'était élégamment soudée.

Je me suis retrouvé avec deux solutions : abandonner ou réparer.

Je n'abandonne jamais.

Ce n'est pas pour rien que, sur Proxima, on m'appelle Gaba l'Entêté. C'est parce qu'un soir de cuite, là-bas, j'ai voulu défoncer avec la tête le coffre-fort d'un taulier qui refusait de me rendre la sphère de crédit que je lui avais donnée en garde. Le type a été tellement impressionné qu'il a ouvert son coffre. Le lendemain, j'ai retrouvé ma sphère à moi dans une paire de chaussettes sales. Ça m'en a fait deux. L'hôtelier s'est empressé de faire opposition sur la sienne, mais l'affaire a quand même eu le temps de me rapporter un vibreur tangentiel pour *Betty*, qui en avait bien besoin. Sur Proxima, on m'appelle aussi Gaba l'Arnaque.

Or donc, j'ai réparé mon nouvel astro. Façon de parler. Je n'en ai gardé que les portions de coque encore intactes et l'hyperpropulseur. Tout le reste, je l'ai reconstruit de bric et de broc ou, pour les pièces les plus rares, en me saignant aux quatre veines.

Mais j'aurais fait n'importe quoi, et je dis bien *n'importe quoi*, sauf peut-être dépecer ma vieille mère et manger des salsifis, pour disposer d'une charrette capable de faire le grand saut.

Pourquoi ?

Parce que dans mon métier, on ne sait jamais quand on peut avoir besoin de l'hyperespace. Parfois, mes missions m'entraînent aux confins de l'Univers, sur des mondes encore mal connus. Parfois, je me heurte à des populations hostiles. Parfois, j'ai les flics au cul.

Souvent.

Je suis trafiquant. Les flics n'aiment pas les trafiquants. Qu'ils soient de n'importe quelle race, de n'importe quel sexe, de n'importe quelle planète, et même s'ils sont entièrement robotisés, les flics n'aiment pas les trafiquants. Quand ils en voient un, ils le coursent en essayant de lui faire croire qu'ils organisent des colonies de vacances pour mauvais garçons repentis. Je ne suis jamais tombé dans le panneau. Je n'ai aucune envie de me repentir.

Dans ces cas-là, le gibier dispose de plusieurs options :

a) descendre les flics (faut pouvoir) ;

b) s'engager dans un nuage de météorites en espérant être plus doué que les flics pour le pilotage (aléatoire) ;

c) se rendre (désagréable et, la plupart du temps, définitif) ;

d) passer dans l'hyperespace (cool).

Jusque-là, j'avais volontairement limité mes activités à des coups sûrs, qui ne me valaient qu'une fois sur deux ou trois les attentions de la police locale et très rarement celles de l'Interg. Je ne m'étais trouvé qu'à deux reprises dans la pénible obligation de choisir l'une des solutions ci-dessus.

La première fois, il y avait des météorites à proximité. J'avais pris b). Je m'en étais sorti de justesse. Pas mon astro, ni ma cargaison. La deuxième fois, j'étais dans la portion d'espace la plus déserte de toutes les portions d'espace désertes de l'espace. b) m'était donc aussi inaccessible que d). Quant à c), je n'en voulais pas entendre parler. J'avais donc choisi a). Je m'en étais sorti de justesse. Pas mon astro, ni ma cargaison.

Avec *Betty*, d) m'est enfin permise et c'est un grand soulagement. Je peux enfin donner libre cours à mon ambition et me fourrer dans tous les coups foireux qui croisent ma route. Je peux enfin faire un bras d'honneur aux flics avant de me trisser à trois mille années-lumière de là en appuyant sur un simple bouton qui, en plus, déclenche dans la radio du bord l'exécution de la *Chevauchée des Walkyries*, la version du Philarmonique d'Altaïr-II dirigé par Sfflish von Brrupt.

Depuis, j'ai construit ma réputation. J'ai dit que j'étais trafiquant, c'est vrai. Mais pas trafiquant d'armes ou trafiquant de drogue. *Trafiquant*. De n'importe quoi, de tout ce qui me tombe sous la main. J'achète tout ce qu'on veut bien me vendre, je vends tout ce qu'on veut bien m'acheter. J'ai vendu du bromure aux mâles de Taîte, pour le compte des suffragettes locales, en leur expliquant que c'était de la cocaïne. Ensuite, j'ai vendu aux suffragettes des flingues qui tiraient à l'envers, pour le compte des mâles. Sur Taîte, on m'appelle Gaba l'Impondérable. J'ai aussi vendu de la vraie cocaïne et des vrais flingues. J'ai vendu des fusils laser aux rebelles de Kadixe. Deux mois plus tard, je suis revenu leur apporter les chargeurs que j'avais oubliés dans la soute. Ils n'étaient plus là. Il y a des gens qui n'ont aucune constance dans leurs convictions. Sur Kadixe, on m'a appelé Gaba el Libertador. Pendant deux heures. Après, on m'a appelé Gaba el Maricon. Dans le système du Spectre, j'ai vendu des vers aux sauvages de la planète bleue, pour la pêche, et distribué des bleus à ceux de la planète verte qui voulaient m'utiliser comme appât. J'ai vendu de la merde aux Pakays d'E-Tron, qui sont coprophages. J'ai vendu du sploungz aux Zzbyghs de Krruull. Je suis le fournisseur exclusif en aphrodisiaques divers et variés du Pacha Para-Kektèdon, Seigneur des Neuf Mondes, Lumière de la Galaxie, Protecteur des Opprimés et mauvais payeur. J'ai même vendu un lot de chaussettes dépareillées qu'un malhonnête m'avait refilé sur la vieille Terre aux habitants de N-Ansmond, qui n'ont qu'un seul pied.

Tout. Je fais tout.

Sauf les filles.

Tout mon être se révolte contre cette pratique. A la simple idée d'enfermer dans la soute de *Betty* de pauvres créatures innocentes, arrachées à leur famille, pour aller les vendre sur un marché lointain ou dans un lupanar tout proche, mon sang ne fait qu'un tour.

Dieu sait pourtant si j'ai essayé.

Juste après avoir réparé *Betty*, j'ai accepté de

livrer deux femmes-chattes de Mrrouu à un maquereau huppé de Bételgeuse. Un nommé Slex-ik. Le voyage n'était pas long, à peine deux heures, plus quelques minutes en hyper. Ça m'a suffi pour changer d'avis. Je les ai rendues à leurs parents. Manière de dire que je les ai déposées sur la première planète venue équipée d'un poste de communications intergalactiques et que je me suis barré sans attendre l'arrivée des secours. Depuis, le bruit court que Slex-ik me cherche partout pour me coudre une grenade dégoupillée dans un endroit qui offense ma réserve, mais jusqu'ici, il ne m'a pas retrouvé.

Alors les filles, non, plus jamais. Je sais que c'est ce qui rapporte le plus, ou presque. Je sais que je pourrais prendre ma retraite au bout de cinq ans si j'acceptais d'en transporter. Et en plus, quand j'y réfléchis, je dois bien avouer que je me fous complètement du sort de ces malheureuses. Snif. Seulement voilà, je n'ai jamais su résister à un sourire. Si encore elles étaient laides ! Mais celles qu'on achète des mille et des cents, elles ont rarement l'air d'avoir été utilisées comme battoirs par un androïde guerrier de Métalliketonsor. Ou alors, c'est que les androïdes guerriers de Métalliketonsor ne sont plus ce qu'ils étaient.

Je me cantonne donc aux denrées sans danger, éventuellement vivantes mais peu susceptibles de sourire – comme par exemple les anthropoïdes velus d'Uku.

Ce sont des monstres. Des vrais. Deux mètres

cinquante de haut, des bras qui traînent par terre, des crocs à faire pâlir un smilodon, une fourrure bleue tirant sur le glauque, pas un gramme de cervelle et une férocité de tous les instants.

Aujourd'hui, j'en ai deux à bord. Dans un four. Il faut dire qu'Uku est la seule planète que je connaisse où il fait plus froid que sur Givrée. Située à la limite extrême de son système solaire, elle se tape des pointes jusqu'à moins deux cents degrés dans les bonnes années. Ses habitants y sont adaptés et ne peuvent pas réellement vivre ailleurs. Dès que la température monte, les anthropoïdes tombent en léthargie. Sur Givrée, où le record enregistré n'est que de moins cent vingt-deux degrés, ils seront un peu dans le coltard mais, pour peu qu'on leur refile des excitants, resteront d'infernales machines à coller des baffes.

Je vérifie que *Betty* tient bien le cap prévu et je vais jeter un coup d'œil à ma cargaison par la vitre étanche du four — en fait un vieux frigo à peine capable de produire des glaçons, mais pour les anthros, c'est un four. Ils dorment comme des bébés. Je réintègre mon siège.

Mes deux bestioles, je les emmène à Tchoume, base minière où l'on extrait du néoprout, une espèce d'épice minérale qui, une fois répandue sur un bout de carton et passée au micro-ondes, reproduit exactement le goût de la pizza napolitaine. Comme la plupart des consommateurs survivent, on en expédie à la tonne sur les planètes les plus déshéritées. J'en ai goûté, une fois. Pas mauvais.

J'ignore totalement pourquoi on m'a chargé de coltiner mes deux monstres. On veut peut-être les utiliser pour la mine, ou pour surveiller les mineurs. A moins que mes clients ne soient les mineurs eux-mêmes, qui en ont marre de leur contremaître. La vérité m'importe peu, mais je ne vais de toute façon pas tarder à la connaître puisque j'ai rendez-vous avec un type dans à peine plus de dix minutes, d'une part, et dans un bar, d'autre part[1]. A cause de cette panne stupide — un engorgement du déflecteur de propulsion, qui me faisait faire trois loopings à chaque fois que j'essayais de virer à gauche —, je vais être en retard. Tant pis.

Tout en gardant un œil sur le compas électronique, je me plonge des deux autres dans le magazine cochon que j'ai acheté à Tadell. Ces sourires-là, au moins, je peux leur résister. Il me suffit de tourner la page.

Mais Dieu que c'est difficile !

1. Et réciproquement. (Note de l'auteur)

CHAPITRE II

A Tchoume, on trouve trois sortes de bâtiments. D'abord, les taudis qui servent de crèches aux mineurs et autres prolos : en bois ou en plastique mou, avec un nombre de pièces qu'on dirait inversement proportionnel à la taille de la famille. Ensuite, les villas suspendues des privilégiés, maintenues à quelques centaines de mètres du sol par leurs générateurs antigrav. Plus le proprio est riche, plus la baraque est haute, étant donné que la puissance des appareils précités est directement alignée sur les cours de la bourse locale. C'est une antenne de la municipalité, le Service d'Alimentation des Générateurs Opérant chez les Utilisateurs Individuellement Nantis qui se charge de régler l'afflux d'énergie. Quand les actions d'un homme d'affaires remontent, sa maison les suit. Si elles se cassent la gueule… C'est pour ça qu'à Tchoume, un krach est toujours suivi d'un crash. C'est aussi pour ça que le dicton préféré des gens du coin est : *Plus dure sera la chute*. Il ne faudrait cependant pas croire qu'ici, les riches sont défavorisés : comme dans toute démocratie, les pauvres font aussi les frais de leurs misères. Les villas suspendues l'étant la plupart du temps au-dessus des bidonvilles, quand le S.A.G.O.U.I.N. coupe le jus, il y a toujours deux ou trois cahutes de mineurs qui se retrouvent aplaties comme des crêpes — et leurs occupants avec elles. Le nombre de morts, leur âge et leur sexe donnent d'ailleurs lieu à un système de paris complexe tellement populaire qu'il se nourrit parfois de lui-même en provoquant des chutes de gros perdants. C'est une autre antenne municipale qui s'occupe de gérer les mises : le Réseau Intérieur des Paris (R.I.P.). Tout ça explique que, malgré son statut de ville de seconde zone sur une planète de seconde zone, Tchoume est l'un des patelins les plus riches que je connaisse. Riche au sens où les dirigeants le sont, bien sûr. C'est le seul critère qui compte vraiment dans tout l'univers connu.

D'où les centres de loisirs, la troisième sorte de bâtiments qu'on y trouve. Cette richesse, il faut bien l'utiliser. Et le plus intelligent est encore d'avoir l'air de faire des efforts d'urbanisme tout en occupant la foule et en gagnant encore plus de fric. S'il ne faisait pas si froid sur Givrée, je crois que je viendrais m'installer ici pour mes vieux jours : j'aime bien l'ambiance.

Il y a quatre centres de loisirs dans la ville, un par point cardinal. Moi, j'ai rendez-vous dans le centre ouest. Dès que je l'ai en vue, je repasse en commandes manuelles.

Comme les trois autres, c'est une grosse masse carrée de béton gris, harmonieusement parsemée de taches vertes, rouges et caca d'oie. Comme les trois autres, il dispose sur le toit d'un astroparc capable d'accueillir dans les cinq cents véhicules de tourisme. Il y a juste une petite différence : même s'il est déjà opérationnel, sa construction n'est pas encore achevée. Sur cent étages, il en manque vingt : du quarante-deux au soixante et un. Pour gagner du temps et faire jouer l'émulation, le chantier a été confié à deux entreprises différentes, qui ont démarré leurs travaux chacune à un bout de l'édifice et sont censées se rejoindre au milieu. Celle des deux qui construira le plus d'étages aura droit à une grosse prime. Pour l'instant, le centre ouest évoque donc tout à fait un énorme sandwich, une tranche d'air entre deux tranches de béton sensiblement égales, seulement reliées par des poutrelles et des cages d'ascenseurs qui vacillent au moindre coup de vent. Ce principe d'urbanisme a deux conséquences principales : celle, provisoire, qu'un système de paris fort prisé tourne durant la construction (s'écroulera, s'écroulera pas...) et celle, permanente, que quiconque donne un coup de marteau dans les murs d'un centre de loisirs est puni de mort.

Je guide doucement *Betty* vers l'astroparc bien garni, malgré l'heure matinale. Atterrissage impec. Je relève le capuchon de ma combi climatisée et je règle le thermostat sur trente degrés. Comme tous les natifs d'Ycicom-X, j'aime bien la chaleur.

Surtout quand je sais qu'il fait moins quatre-vingts dehors.

J'ai à peine fini de m'extirper de mon siège qu'un kub volette vers moi avec sa moulinette à tickets. Un œil verdâtre unique, bordé de longs cils noirs, s'ouvre au milieu de sa face avant blafarde.

— C'est deux crédits l'heure, me télétransmet-il en battant lentement de ses petites ailes de poulet pour faire du surplace. Payables à la sortie. Vous pouvez choisir de régler en jouant à la roulette aldébarane. La municipalité se remboursera sur le montant des paris si vous gagnez, sur votre astro si vous perdez.

Je secoue doucement la tête en glissant le ticket qu'il me remet dans mon sac à sas pressurisé. La roulette aldébarane, ça se joue avec un pistolaser. On n'a vraiment des chances de gagner que quand la batterie est à plat.

— Si vous le désirez, vous pouvez parier sur l'écroulement du centre pendant la construction, continue le kub, tandis que je m'éloigne déjà vers le premier ascenseur. Je suis abilité à encaisser vos mises.

— Non, merci...

— Si jamais le centre s'écroulait pendant que vous vous y trouviez, le montant de vos gains serait transmis à vos héritiers. Vous êtes donc couvert...

Je congédie d'un revers de main l'enquiquineur ailé qui s'accroche à mes basques. Ces types sont infernaux. Ce sont les seuls véritables indigènes de Givrée, les seuls qui puissent y survivre sans combi.

Autrefois, ils formaient des tribus, serrés les uns contre les autres en véritables banquises géométriques et immobiles, tellement dépourvus d'esprit d'initiative que leurs activités se limitaient à l'accomplissement de leurs deux seuls besoins naturels : la respiration et l'épilation quotidienne de l'œil. Quand la planète a été colonisée par l'Alliance des Douze Races Suprêmes, ils se sont insérés dans la société. On s'est aperçu qu'ils étaient assez intelligents pour exécuter des ordres simples et assez bêtes pour le faire sans discuter, éventuellement au péril de leur vie : ils font de parfaits fonctionnaires.

Quand j'atteins l'ascenseur, le kub me hèle toujours, à distance : il n'est pas rare qu'un consommateur excédé se passe les nerfs sur un quelconque préposé. Sauf s'il s'agit d'un kubflic, ce n'est puni que d'une amende légère.

— Vous pouvez aussi parier sur l'âge du prochain mineur qui mourra dans l'éboulement d'un conduit ! S'il n'est pas encore majeur, vous avez une chance d'emporter la super-cagnotte, qui…

Bénies soient les portes d'ascenseur en plomb épais qui bloquent les ondes mentales. Je me retrouve tout seul dans ma tête pendant que la petite cabine m'entraîne vers le cœur du bâtiment.

Comme j'ai rendez-vous au vingt-troisième étage, j'ai la joie de traverser la zone encore en construction. Là, le conduit en plexydur qui m'entoure vibre à tout va et oscille d'avant en arrière selon un rythme qui me donne les foies et le mal de mer. Entre les deux blocs, que sépare encore une bonne centaine de mètres, il y a des ouvriers qui s'activent — en majorité des Arcturiens, que leurs deux tentacules fessiers prédisposent aux évolutions sur échafaudages. Ils travaillent vite et mal, comme ils en ont reçu l'ordre. Demain, il y aura sans doute deux étages de plus, qui seront occupés illico. Si l'ensemble a tenu jusque-là, il est fort possible qu'il ne s'écroule pas avant la fin des travaux, mais j'ai quand même hâte de changer d'air.

Je respire déjà un peu mieux quand l'ascenseur rentre dans le bloc du bas et finit par me déposer à mon étage — qui ressemble à tous ceux que j'ai déjà eu l'occasion de visiter dans les divers centres : un vaste assemblage de bars, de restaurants, de saunas, de bars, de salles de sport, de clubs de jeu, de bars, de bordels, de théâtres, de tridithèques spécialisées ou non, et de bars. Je jette un coup d'œil au thermomètre intégré de ma combi : vingt-huit. Un tout petit peu frais pour moi mais quand même préférable à la perte des deux tiers de mon champ de vision. Je rabats mon capuchon.

Aussitôt, je suis lâchement agressé par une floppée d'odeurs qui vont de la délicate fragrance du jasmin sidéral séché aux remugles infects des déchets organiques. Comme les centres sont ouverts vingt-quatre heures sur vingt-quatre et qu'ils sont presque toujours pleins — les visiteurs viennent des quatre coins de la Galaxie pour goûter à ces plaisirs —, on n'y fait pas souvent le ménage.

Et les balairobs chargés de l'opération sont démolis une fois sur deux avant d'avoir fini leur travail : il y a un concours, très officieux et salement réprimé, qui récompense une fois par mois le type s'en farcissant le plus. Le gros lot, c'est un aller simple pour ailleurs. Autant dire que les participants ont généralement de bonnes raisons de quitter la planète et qu'il vaut mieux ne pas essayer de les empêcher de sévir. Le résultat, c'est que le sol des centres de loisirs est couvert d'une couche d'immondices puantes, spongieuses et parfois vaguement vivantes. Un jour, j'ai eu le malheur de m'adosser à la façade d'un bordel ; j'ai compris pourquoi les pensionnaires faisaient les cent pas devant la porte : je suis resté collé. Il a fallu que j'attende l'arrivée des kubflics pour être libéré et, à ce moment-là, le seul truc de valeur que j'avais encore sur moi, c'était ma molaire couronnée. Dans ce coin-là, on m'appelle Gaba l'Englué, et d'ailleurs, je n'y vais plus.

Dès que j'ai la tête découverte, j'expulse mine de rien mon œil central et je l'envoie se fixer dans mon dos, au niveau de ma ceinture, là où un observateur non averti peut le prendre à première vue pour un ornement de la combi. Dans ce genre d'endroit, j'aime bien laisser traîner un œil derrière moi : c'est une précaution qui m'a déjà sauvé la vie.

Une fois mes paupières frontales serrées, j'ai l'air d'un humain tout ce qu'il y a de plus banal et je peux circuler sans me faire remarquer : sur Givrée, malgré l'influence théorique des Douze Races, c'est l'humanité qui s'est taillé la part du lion. Il faut dire que les autres n'ont guère d'affinité avec le climat. Les humains non plus, mais ils ont toujours été un peu masos.

Une main dans chaque poche, la première sur ma sphère de crédit, la deuxième sur la crosse du minipistolaser qui ne me quitte jamais, je m'approche de l'ordi d'accueil. Je pianote sur le clavier le nom de l'établissement que je cherche : *Le Sein des Seins*. Avec un nom pareil, je ne suis pas franchement surpris d'apprendre que c'est un bar topless. Le guide de Tchoume lui accorde pourtant une étoile : ce n'est peut-être pas un bouge fini.

Je mémorise vivement le chemin que m'indique l'ordi et m'enfonce dans le centre le loisirs, véritable labyrinthe de couloirs bêtement éclairés à l'électricité, parce que ça coûte moins cher que les simulateurs de soleil. Ici, les rues se croisent dans tous les sens, rectilignes ou sinueuses, larges ou étroites, planes ou non, et les culs-de-sac ne sont pas rares. On se croirait parfois dans une ville surréaliste construite par un architecte dément. Ce n'est pas le cas. C'est juste une ville fauchée construite par un architecte nul.

En jouant du sourire et des coudes, je me fraie un chemin dans la faune cosmopolite qui m'entoure. Il y a là des membres des Douze Races, plus des représentants de quelques autres. Des Argentos d'Ario, dont le système sanguin se trouve à fleur de peau et dont la tête pend sur le côté, accrochée à un cou dénué de vertèbres, si bien qu'on a toujours l'impression d'avoir affaire à des victimes de meurtres à la hache. Des Bipectos d'Aycoutt, dont les mâles ont l'air tout à fait humains tant qu'ils ne se mettent pas torse nu ; chez les femelles, la paire de seins dorsale est plus évidente. Des Zygomars de K-Fékrem, qui ressemblent à un moule à tarte retourné posé sur une demi-douzaine de pseudopodes gluants. Et puis d'autres encore, des petits, des grands, des humanoïdes, des insectoïdes, des bizarroïdes, des verts, des rouges, des jaunes, des noirs. J'avise deux Splotches qui copulent joyeusement dans un coin sombre, sans que personne ou presque s'en aperçoive : à part pour les grands bourlingueurs dans mon genre, leurs ébats n'évoquent guère d'un énorme tas de gelée rose agité de tremblements rythmiques. Ils en sont au stade de l'échange des particules et là, sans leur léger sifflement bitonal, on ne pourrait pas s'apercevoir qu'ils sont deux.

Je continue mon chemin après avoir adressé un petit signe amical aux deux tourtereaux. J'ai toujours été ému par ce genre de spectacle. Sous mon cynisme apparent se cache un cœur tendre. C'est pour ça que je fais un bon héros.[1] Et je sais que les Splotches auront saisi mon message : malgré leur apparence, et même s'ils ne font pas partie des Douze Races Suprêmes, ils se rangent parmi les créatures les plus intelligentes de l'Univers, capables de traiter un nombre de données mons-

1. Attends les chiffres de vente, coco ! (Note de l'auteur cupide)

trueux dans les circonstances les plus déconcentrantes. En fait, l'Alliance n'a pas recruté ses membres en fonction de leurs mérites. Elle est formée des douze premières races ayant eu l'idée de s'associer. Et comme aucune autre n'a jamais voulu porter le numéro treize...

Je fais un crochet pour éviter un début d'échauffourée entre un groupe d'Argentos et quelques humains visiblement bourrés qui leur ont demandé l'heure sans savoir que, pour eux, c'est une insulte mortelle. Les kubflics ne vont pas tarder à grouiller dans le coin — il y en a déjà quelques-uns qui font du rase-plafond, moulés dans la ridicule combi orange isolante qui leur permet de supporter la chaleur, pour se rapprocher de l'incident —, et le dernier truc dont j'ai besoin, c'est de me faire remarquer. J'accélère le pas.

Cinq ou six minutes plus tard, maculé jusqu'aux genoux par la gadoue immonde qui couvre le sol, j'arrive au *Sein des Seins*. C'est un bâtiment à deux étages, dont la façade est recouverte de néons multicolores en forme de poitrines diverses. Sur la porte, un écriteau m'apprend que les lieux sont interdits aux animaux familiers, aux androïdes et aux kubs. Juste derrière, un désintégrateur à cellule photoélectrique se charge de châtier les contrevenants. Parfait ! Ici, au moins, les flics me foutront la paix. La seule chose qui les différencie des autres kubs, c'est la casquette, et je ne crois pas que le système de sécurité du bar fasse de détail.

A l'intérieur, je suis accueilli par une Quinzoa qui

m'informe que, selon les règles de la maison, je dois me dénuder jusqu'à la taille avant d'aller plus loin. Après avoir remisé mon œil au niveau de mon genou droit, je roule ma combi de mauvaise grâce et la noue tant bien que mal pour qu'elle ne me descende pas sur les pieds. J'enlève aussi le pull que je porte en dessous et je le confie à la préposée. On aurait quand même pu me prévenir qu'ici, le mot topless s'appliquait aussi aux clients. Je sens que pour la ristourne, on va pouvoir se brosser.

J'attends mon reçu en observant distraitement la poitrine nue de la Quinzoa. C'est d'ailleurs tout ce qu'elle a de nu. Ses pseudopodes sont entièrement masqués par une ample jupe et un tchador dissimule son bec-de-lièvre baveux. Malgré des recherches poussées, on ne sait toujours pas grand-chose de ces créatures. On n'arrive même pas à reconnaître les mâles des femelles, si tant est que cette distinction soit applicable. Les Quinzoas sont tellement laides selon les critères humanoïdes qu'elles feraient même vomir un Argento. Il faut cependant reconnaître que, dans ce type d'établissement, leurs quinze seins bien ronds disposés en pyramide – cinq au niveau du nombril, quatre juste au-dessus, et ainsi de suite jusqu'au dernier, à la base du cou – font une excellente enseigne.

Comme je peux en juger quand je pénètre dans le bar proprement dit, la totalité du personnel en est composée. Deux officient derrière le comptoir et une demi-douzaine d'autres circulent entre les tables. Dans le fond de la salle, une danseuse se déshabille en prenant des poses lascives. Elle, elle est humaine. Ou, en tout cas, elle en a l'air. La moitié de la salle a les yeux fixés sur elle, la langue pendante. L'autre s'en fout. L'autre, ce sont tous ceux à qui une telle vision fait à peu près autant d'effet que la coupe transversale d'un babouin. Les tentaculaires, les pédonculés, les unicellulaires géants, les chitineux et tout ce qui s'ensuit. Finalement, ce qui distingue le plus les races intelligentes de l'Univers, ce n'est ni la biologie, ni le mode de raisonnement, ce sont les goûts en matière de partenaires pour galipettes. Tant qu'un humain sera incapable de se taper une Quinzoa et vice versa, il n'y aura pas de véritable harmonie et la société fera toujours place à des gens comme moi. Je ne suis pas près d'être au chômage.

J'avise une place libre et je vais m'asseoir au bar en espérant que mon contact est toujours là. Moi, je ne le connais pas : c'est lui qui doit me repérer. Je commande un cocktail de fruits locaux que je sais inoffensif, quoique infect. J'aime bien disposer dc toutes mes facultés quand je traite une affaire. La barmaid encaisse ma consommation en fourrant ma sphère de crédit dans son rabot-caisse. Quand je vois la taille du copeau qui en sort, je me reproche de n'avoir pas consulté les tarifs avant, mais basta ! Dans quelques minutes, si tout va bien, j'aurai une nouvelle sphère. Une grosse.

Comme personne ne semble faire mine de se diriger vers moi, je m'autorise un moment de détente. Mon contact a dû repartir momentanément. Compte tenu de l'importance de l'affaire, il est presque sûr qu'il reviendra. Je garde donc un œil sur la porte d'entrée, derrière moi, et m'intéresse à ce qui se passe sur scène en sirotant mon cocktail. L'humaine a fini son numéro. C'est une Zygomar qui la remplace, ce qui renverse les camps dans la salle. Moi-même, je ne peux pas dire que ce spectacle me trouble outre mesure.

C'est quand je repose mon verre sur le bar que j'aperçois la paille minuscule qui s'y est infiltrée. Une longue paille flexible, dont l'autre extrémité se trouve apparemment au niveau du sol et qui continue à se tortiller au fond du verre pour pomper les dernières gouttes. Je la suis des trois yeux, m'attendant à ce que je vais découvrir. Je me disais bien, aussi, que ce cocktail descendait vite...

Un Néo-Léprechaun se tient au pied de mon tabouret, revêtu du traditionnel burnous vert de sa race. Sans doute entré en fraude grâce à sa petite taille, lui n'a pas été obligé de se mettre torse nu. C'est un être totalement humanoïde, à ceci près qu'il mesure dix centimètres de haut et que la paille qui s'est infiltrée dans ma boisson, c'est sa langue. Une langue extraordinairement longue, tubulaire, qui mène tout droit à l'estomac. Bien qu'ils ne fassent pas partie de l'Alliance et qu'ils ne disposent que d'une technologie primaire, les Néo-Léprechauns se sont répandus un peu partout en jouant les passagers clandestins. Néo-Léprechaun, c'est d'ailleurs le terme technique : en pratique, on les appelle plutôt « Pestes » ou « Petits cons ».

Voleurs, farceurs, et dotés en outre d'un immense talent d'imitation vocale, ils peuvent très vite changer l'endroit le plus paisible en théâtre de cauchemar. Ce sont les femmes qui les craignent le plus. Comme ils sont exclusivement mâles, ils ne peuvent se reproduire qu'en forniquant avec un membre d'une autre race. Sur leur planète natale, grâce à leur incroyable faculté de féconder tout ce qui bouge, ils se servaient d'animaux. Depuis, l'Univers leur a ouvert de nouveaux horizons, si j'ose dire. Ils sont particulièrement friands des humaines et assimilées, qu'ils s'arrangent en général pour violer pendant qu'elles dorment. Pour peu qu'elles aient le sommeil un peu lourd, elles ne s'en aperçoivent même pas. Jusqu'à l'accouchement...

Je ne sais pas si celui-là est né d'une humaine ou d'une chèvre, mais il a un sacré toupet. Sans lui montrer que je l'ai vu, je fais mine de commander un autre verre. L'instant d'après, je me propulse d'un bond à bas de mon siège, je m'accroupis et j'empoigne le resquilleur d'une main ferme avant qu'il n'ait le temps de réagir. Sans m'occuper de ses soubresauts furieux, je l'amène à hauteur de mon visage. Le sien est encadré par des cheveux poil-de-carotte frisés et abrite un regard d'enfant malicieux. Un sourire crispé étire ses lèvres.

— Dis donc, toi ! l'apostrophé-je. Tu sais combien ça coûte, ces trucs-là ?

Son sourire s'élargit.

— Pas comprendre... pardon... soif, soif..., bredouille-t-il d'un ton plaintif.

Je le secoue façon shaker à cocktail. Il n'y a pas un seul Néo-Léprechaun qui ne sache pas parler la langue du monde où il vit, plus une petite centaine d'autres.

— Te fous pas de moi ! Tu sais que je pourrais t'écrabouiller comme la punaise que tu es ?

— Pitié... pitié... Je le ferai plus...

— Pas d'esclandre ici, m'avertit une des Quinzoas. Si vous voulez vraiment l'écrabouiller, allez dehors. Sinon, passez-le-moi, je vais l'expulser.

Me rappelant soudain que je n'ai pas envie de me faire remarquer, j'acquiesce et me débarrasse de la Peste.

— Kaï, kaï, kaï ! crie le petit être, imitant à la perfection l'aboiement du chihuahua terrien surpris le nez dans la gamelle d'un dobermann.

Tandis qu'on le conduit manu militari vers la sortie, l'autre barmaid m'amène un deuxième cocktail.

— Offert par la maison, me dit-elle. Désolée pour l'incident.

Je vais pour la remercier quand mon voisin de droite envoie brusquement le coude en arrière et heurte mon verre qui, en vertu d'une loi stupide de dynamique des solides, se renverse. Son contenu m'atterrit sur les genoux et éclabousse mon œil, qui traîne toujours dans la région. Le liquide sucré le recouvre à moitié ; comme je ne peux pas cligner des paupières, je me retrouve carrément borgne.

— Eh, faites gaffe !

J'assène une bourrade un rien moins qu'amicale

dans le dos du quidam responsable du désastre. Il se retourne. Bon Dieu ! Il a une gueule de tueur, cheveux plaqués en arrière, fine moustache noire, regard perçant et tout, et tout.

— Toi, tu la fermes et tu restes tranquille, pigé ? m'envoie-t-il sèchement.

Je ne sais pas pourquoi, je n'aime pas qu'on me parle sur ce ton-là. Ça a tendance à me faire oublier que je n'ai pas envie de me faire remarquer. Chopant le type par les épaules, je le fais pivoter sur son fauteuil et lui balance mon poing en pleine tronche. Il part à la renverse et va voltiger entre deux tables, dont les occupants se lèvent précipitamment.

C'est à cet instant que je m'aperçois qu'il a un flingue à la main et que je me dis que j'aurais mieux fait de rester tranquille.

— Enfoiré, grince-t-il, mauvais, en pointant son arme sur moi.

Sauf erreur, c'est un kilvitt à balles chercheuses, un des derniers modèles. S'il tire le premier, il ne peut pas me rater. Et comme moi, je n'ai pas mon flingue en main, il va tirer le premier.

A l'instant précis où j'en arrive à cette conclusion fort contrariante, il se produit un fait qui modifie les données du problème : l'une des serveuses arrive derrière mon adversaire et lui abat affectueusement un plateau d'argent sur la tête. Ça ne l'assomme pas, mais ça suffit pour le désorienter une petite seconde. Grâce aux réflexes foudroyants que m'envient la plupart de mes confrères, je fais le pas qui me sépare de lui et je lui balance un coup de pied dans sa main armée, un autre au plexus solaire. Pendant qu'il se plie en quatre et que son pistolet va valser à l'autre bout de la pièce, j'empoigne une bouteille de gloup concentré qui me tend le goulot et je la lui fracasse sur l'occiput. Il fait « couic » et puis plus rien.

Je m'appuie à une table en poussant un gros soupir de soulagement. Il m'est déjà arrivé de frôler la mort d'aussi près, mais rarement en le sachant.

— Qu'est-ce que c'est que ce bordel? braille la voix grasse d'un humain obèse, sorti pour l'occasion de son arrière-salle, tandis que la totalité des serveuses se rassemble autour de moi, plateau en main.

— Il a voulu me tuer, dis-je avec un geste vers ma victime inconsciente. Mais l'incident est clos. Il suffit de le porter dehors.

— C'est vous qui allez le porter dehors, m'enjoint le poussah en épongeant son crâne chauve à l'aide d'un mouchoir douteux. Et vous allez y rester aussi, sinon j'appelle les kubflics.

Ça y est! J'ai gagné! Pour me faire remarquer, je me suis fait remarquer.

Je me demande quelle contenance adopter. Je ne peux pas m'en aller comme ça : je n'ai aucun autre moyen de trouver mon client. D'un autre côté, finir en taule ne m'aiderait pas spécialement. Négocions.

— Ecoutez, je...

— Rien du tout! me coupe l'obèse. C'est une maison honnête, ici!

Il claque des doigts. Deux Quinzoas me saisissent sous les bras et commencent à me pousser vers la porte.

— Une minute, je vous prie! intervient une nouvelle voix, aussi grave qu'impérieuse. Laissez ce jeune homme tranquille.

Tous les regards, y compris les miens — dont un quelque peu brouillé —, se tournent vers l'individu qui vient de parler. C'est un humain de haute taille, auquel on peut donner la soixantaine. Il a le visage sec, un peu fripé, mais l'œil vif. Ses longs cheveux blancs cascadent sur le haut de son torse encore musclé. Il émane de lui une nette aura de puissance qui force même le proprio obèse à l'écouter.

— L'individu ici présent me menaçait de son arme, reprend-il en désignant mon adversaire à terre. Sans l'intervention de monsieur, il m'aurait dépouillé. (Il tire d'une poche de pantalon une sphère de crédit deux fois plus grosse que la mienne et la jette au patron du bar.) Voilà pour payer les dégâts et le dérangement. J'espère que vous voudrez bien laisser mon ami en paix, maintenant.

— Bien entendu, Excellence, s'empresse d'assurer le gros, en empochant la sphère et en s'inclinant. A vos ordres, Excellence. (Il fait signe à ses serveuses — qui, soit dit en passant, ont une sacrée poigne — de me lâcher et d'embarquer le tueur.) Son Excellence n'a besoin de rien?

Comme l'autre décline d'un mouvement de tête, il retourne se cacher, sans doute ravi d'avoir gagné sa journée. Comme on ne s'amuse plus, les clients du bar retrouvent leurs conversations. Sur la scène, la Zygomar reprend son numéro là où elle l'avait abandonné : au huitième bas nylon.

— Je vous remercie, dis-je, tendant la main à l'inconnu.

— C'est moi qui vous remercie, assure-t-il. J'ai dit la vérité. Sans vous, on m'aurait probablement retrouvé dans un caniveau. Permettez-moi de me présenter : Frank Ducollier, de la vieille Terre.

— Aquabon Sanfer, d'Eulanss, réponds-je en souriant.

C'est une de mes identités d'emprunt favorite, celle qui me vient automatiquement aux lèvres à chaque fois qu'un parfait inconnu me demande mon nom. Ducollier aurait plutôt tendance à m'inspirer confiance, mais on ne sait jamais.

— Enchanté, monsieur Sanfer. J'espère que vous accepterez que je vous offre un verre.

J'accepte. En attendant mon contact, je n'ai rien de mieux à faire. Mon compagnon non plus ne boit pas d'alcool : lui, il carbure à l'eau gazeuse.

— Qu'est-ce que vous fabriquez sur Givrée ? demandé-je pour meubler la conversation, une fois qu'on nous a apporté nos verres.

— Je suis venu passer un contrat, m'apprend-il. J'avais aussi envie de visiter les centres de loisirs, mais finalement, je crois que je vais écourter mon séjour : je suis trop vieux pour m'aventurer dans ce genre d'établissement.

— Un contrat ?

Il pêche une carte de visite dans une de ses

poches et me la tend. Intrigué, j'y lis le texte suivant : *Ducollier, Inc. Tous travaux de régénération. Facilités de paiement. Tarifs de groupe. Efficacité et Amabilité, telle est notre devise.*

— Je voulais monter une succursale sur Givrée. Il est fréquent que les gens y perdent un membre à cause du froid, quand leur combi a un problème. Mais j'ai peur que ce projet ne soit à l'eau : d'après le gouvernement local, ceux à qui ça arrive le plus fréquemment sont les mineurs, qui n'auraient pas les moyens de se payer mes services. En m'installant ici, je perdrais plus d'argent que je n'en gagnerais...

— Vous régénérez vraiment les membres? m'étonné-je, étonné. Voilà qui m'étonne.

— C'est une technique toute nouvelle que j'ai mise au point. Je vous régénère n'importe quoi en moins d'une minute. (Il a un haussement d'épaules modeste.) Sauf la tête, bien entendu. Le sujet doit être vivant.

Alors que je m'apprête à demander d'autres précisions, il consulte son bracelet-sablier à quartz, vide son verre d'un trait et se lève.

— Excusez-moi, mais cette histoire m'a éprouvé. Je crois que je vais regagner mon hôtel suspendu. J'ai été enchanté de vous connaître. Conservez ma carte. Je ne vous le souhaite pas, mais si jamais vous avez besoin de mes services, déchirez-la : vous obtiendrez toutes les informations nécessaires pour me joindre. Je vous ferai un prix, en souvenir d'aujourd'hui.

— Trop aimable, dis-je à voix basse, tandis qu'il me quitte sans me laisser la possibilité d'ajouter quoi que ce soit.

Bizarre, cette sortie précipitée. Moi, je jurerais qu'il n'a au contraire pas du tout été éprouvé par son expérience. Il n'a pas l'air d'un type qui se laisse éprouver comme ça. On dirait vraiment qu'il est parti pour couper court à mes questions. Je vide mon verre à mon tour. Après tout, si ça l'amuse ! Je suis moi-même trop dissimulateur pour lui faire grief de sa discrétion.

J'explore le bar du regard mais ne vois toujours aucune tête tournée vers moi. Je commence à me demander si mon contact va bien revenir. En attendant, je fais un saut aux toilettes pour me rincer l'œil. L'eau est glacée mais si je ne vire pas immédiatement le jus de fruit de ma cornée, je serai obligé d'y aller au papier de verre, ce qui m'ennuierait. Sur le chemin du retour, machinalement, je jette la carte de Ducollier dans une poubelle qui traîne près du comptoir. Je l'oublie aussitôt.

CHAPITRE III

Deux heures, trois cocktails et, pour me calmer les nerfs, un verre de whisky local plus tard, je craque. D'accord, j'avais une bonne demi-heure de retard, mais ce n'est quand même pas une raison pour me prendre pour un cave. Je paie ma dernière consommation, remballe ma sphère de crédit, qui ressemble de plus en plus à une bille pour gosses, et je sors — après m'être rhabillé au vestiaire.

Furieux, je repars à grands pas vers l'ascenseur, en faisant gaffe au chemin. Il ne manquerait plus que je me perde. Qu'est-ce que je vais bien pouvoir foutre de mes deux anthropoïdes, moi ? Je vais être obligé de me taper une étude de marché. Saleté !

— Gaba, Gaba, hey ! crie soudain une voix derrière moi.

Mon œil fraîchement lavé, qui a repris sa place dans mon dos, repère aussitôt celui qui me hèle ainsi, au mépris de la discrétion la plus élémentaire. Mon bref espoir d'avoir été reconnu in extremis par mon contact ne résiste pas à cette vision : c'est le zigoto de tout à l'heure, celui qui a essayé de me flinguer. Il est couvert de la tête aux pieds de la boue dans laquelle on a dû le jeter quand il s'est fait sortir du *Sein des Seins*, mais ça ne l'empêche pas de me courir après avec une belle ardeur. Ils ont la rancune tenace, dans le coin.

Je me retourne d'un bloc tout en sortant mon pistolaser. Mon demi-tour est à peine achevé que j'ai déjà ma cible en joue.

— Non, tire pas ! braille le tueur. Il faut que je...

Trop tard. J'ai appuyé sur la détente. Il se jette à terre au moment où l'arme crache son joli rayon parme, ce qui lui évite le pire. Le trait lui emporte juste un bout de pied avant d'aller démolir un mètre carré du revêtement plastique qui couvre le sol. Merde ! On ne peut pas vraiment appeler ça un coup de marteau dans un mur, mais je me demande si ça ne tombe pas sous le coup de la même loi. Je n'ai pas intérêt à moisir ici.

Mon adversaire fait un roulé-boulé et se redresse d'un bond. Je l'ajuste à nouveau. Autour de nous, un brusque mais compréhensible mouvement de foule nous a dégagé le terrain.

— Arrête ! gueule-t-il en levant bien haut ses mains ouvertes. J'ai rien contre toi, mec !

— T'as eu une drôle de façon de le montrer, tout à l'heure ! dis-je sans cesser de le braquer, bien qu'il ne semble effectivement pas agressif.

— Je ne t'avais pas reconnu, m'explique-t-il, se détendant un peu, soulagé de voir que j'ai décidé de l'écouter avant de tirer. C'est moi que tu devais rencontrer dans ce bar. Comme tu étais en retard, je tuais le temps en braquant l'autre vieille poire et je ne t'ai pas vu entrer. Ensuite, j'avoue que j'ai mal réagi, mais j'ai été bien puni. (Il se tâte le sommet du crâne.) Un peu plus et tu me défonçais la tête : ça ne fait que dix minutes que je suis debout et j'ai l'impression d'avoir une gigaturbine à la place du cerveau.

Je chasse son sourire mielleux en agitant mon pistolaser.

— Mot de passe ?

Il hoche la tête.

— Excuse-moi, j'oubliais : *Si t'as les flics au cul, serre les fesses et fais pas de remous dans la cuve à glamoune*. Allez, Gaba, range ton flingue et suis-moi. Faut se tirer d'ici avant que les kubflics arrivent.

Ça, c'est la voix de la sagesse. Comme le mot de passe est correct, je remise mon artillerie et j'emboîte le pas à mon antipathique contact, qui fend déjà la foule sans s'occuper de savoir si je le suis ou non. Il claudique un peu mais, apparemment, ma décharge laser n'a fait que raboter le talon de sa botte. Tant mieux, tout compte fait.

— Je m'appelle Hätart, m'informe-t-il quand je le rattrape. Ça te dit quelque chose ?

Ça ne me dit absolument rien.

— J'ai déjà entendu causer de toi, affirmé-je. Il paraît que t'es doué.

Il se rengorge. J'ai vu juste : c'est un crétin parfait.

— Alors tu dois te douter de qui on va voir ? enchaîne-t-il, pernicieux.

Je n'ai rien dit : le crétin, c'est moi.

— J'ai mon idée sur la question, réponds-je sans me démonter. Mais d'après ce que je sais de la personne en question, elle nous sera reconnaissante de ne pas prononcer son nom en public.

J'ai toujours été doué pour les pirouettes. Hätart semble réfléchir un instant — je dis « semble » parce que je ne suis pas encore sûr qu'il en soit capable —, puis opine du chef[1].

Nous arrivons à l'ascenseur sans incident notable. Avant d'y entrer, mon guide sort de sa poche ce qui ressemble à une boîte d'allumettes pourvue d'un bouton poussoir — lequel, une fois poussé, fait jaillir du machin précité une combi complète, un rien froissée mais par ailleurs tout à fait honnête.

— Ça s'achète, ça, à Tchoume ? questionné-je, intéressé.

Hätart me jette un regard en dessous. Ses lèvres s'étirent en un rictus sardonique.

— *Tout* s'achète, à Tchoume, me dit-il, prenant l'air cruel.

Pas à dire, il a la gueule de l'emploi. Je profite de qu'il est en train de s'habiller pour faire réintégrer son orbite à mon œil baladeur. Si je garde les paupières bien fermées, personne ne devrait voir la différence. Une fois enclenché le système d'isolation de nos combis, nous entrons dans l'ascenseur, qui commence à nous propulser vers les hauteurs.

1. D'aucuns, moindres, eussent ajouté quelque chose. Un auteur sérieux ne devrait pas se prêter à de telles galéjades. (Note de l'auteur sérieux.)

— J'ai parié gros que ça allait s'écrouler, m'apprend Hätart quand nous franchissons le vide central de l'immeuble.

— Moi, je crois que ça va tenir.

— Si t'as joué, tu vas perdre ton fric, mec. Je te garantis que ça va s'écrouler, même s'il faut que je m'en occupe personnellement.

— Ah, je vois.

Apparemment, la perspective de tuer quelques milliers de personnes qui, sinon, auraient droit au confortable pourcentage de chances de survie accordé par l'Etat, ne l'effraie pas outre mesure. Je ne sais pas pour qui il travaille, mais j'ai l'impression que ce n'est pas Amnesty Intersidéral.

Il prouve son manque de classe quelques instants plus tard en ne proposant pas de régler la note d'astroparc de *Betty*, que vient me réclamer le kub encaisseur. Toute ma sphère y passe, ou presque. Avec ce qui me reste, j'ai à peine de quoi me payer les toilettes publiques.

— T'as la marchandise ? interroge Hätart quand je lui fais les honneurs de mon bel astro.

Je lui désigne du pouce le vieux frigo.

— Sinon, je ne serais pas là. Tu m'indiques le chemin ?

Il secoue doucement la tête.

— Non, mon pote. C'est moi qui prends les commandes. Toi, tu vas mettre un joli bandeau sur tes jolis yeux. Le patron n'a pas envie que tu saches où il crèche.

— O.K., dis-je. C'est normal. Je...

Je n'ai aucune idée de ce que je vais ajouter, mais ça n'a pas la moindre importance, parce qu'à ce moment-là, je pique une quinte de toux monumentale. La gorge ne me pique nullement, mais ça me permet de me plier en deux et d'enfouir ma tête entre mes genoux. Quand je la relève enfin, il lui manque un œil, et ça ne se voit pas. Tellement pas qu'Hätart me déguise illico en joueur de colin-maillard, sans poser la moindre question.

Je me cale à mon aise dans le fauteuil du passager. Mon œil vient se percher sur mon épaule, du côté droit. Assis à ma gauche, mon guide ne peut pas le voir. Je lui passe le condensateur de positrons, que j'enlève toujours quand je quitte *Betty*. Quelques secondes plus tard, on décolle.

*
**

Si Hätart est un tueur minable, c'est en revanche un pilote correct. Il nous véhicule sans soubresauts de l'astroparc à une villa suspendue, au nord-ouest de la ville. Une des plus hautes. Une des plus grandes. D'après les fleurs qui poussent tout autour, je déduis qu'elle est entourée d'un gigantesque champ thermo-isolant. Un bon point, ça : mon client est plein aux as. Les petits truands, c'est plus aléatoire : on ne sait jamais s'ils vont payer. Des fois, ils préfèrent perdre un fournisseur.

On se gare sur l'astroparc de la baraque, où se trouvent déjà deux véhicules nettement plus rutilants que *Betty*, gardés par des types armés — dépourvus de combis : j'avais vu juste. Il y a deux autres cerbères devant la porte d'entrée. C'est du sérieux. Je cale mon œil dans un repli de ma combi, histoire de chiquer les aveugles de manière convainquante, et je laisse Hätart m'aider à mettre pied à terre. Une main à plat dans mon dos, il me pousse doucement en avant.

— Déchargez l'astro, les gars ! ordonne-t-il, sans doute aux gardes de la porte. Les anthros sont à l'arrière, dans le frigo.

On passe un seuil.

— Excuse-moi, susurre mon guide en me collant face contre un mur. Il faut que je te fouille.

Mon œil joue à cache-cache avec ses mains pendant une demi-minute. Mon pistolaser change de propriétaire. Enfin, on m'autorise à me redresser et on m'enlève mon bandeau.

— Amène-toi, Gaba. Le patron t'attend.

Je suis Hätart dans un couloir fort large, illuminé par un simulateur de soleil mauve, au milieu du plafond. Les murs sont constellés d'holos irisés. Si je ne me trompe pas, il y a là quelques œuvres qui valent leur pesant de glamoune. Je sens soudain naître en moi une âme d'amateur d'art.

Au bout du couloir se trouve une porte à deux battants, ciselée dans le plastinoir le plus lustré, ornée de poignées d'or fin.

Mon guide y frappe deux coups légers. Une voix un peu éraillée, aiguë mais indubitablement masculine, lui donne la permission d'entrer — ce qu'il fait, moi sur ses talons.

— Voilà Gaba, monsieur, annonce-t-il. Apparemment, il a rempli son contrat.

— Parfait ! racle l'individu que je découvre maintenant, vautré dans un fauteuil antigrav, derrière un bureau laqué aussi grand qu'une piscine.

Je ne sais pas trop à quoi je m'attendais. La logique et les classiques voulaient que ce personnage soit un humain sexagénère relativement corpulent, doté d'un crâne à moitié chauve, d'une moustache poivre et sel et de bajoues pendantes — et s'exprimant de surcroît avec un léger accent. Eh bien, pas du tout ! C'est un humain sexagénaire relativement corpulent, doté d'un crâne à moitié chauve, d'une moustache poivre et sel et de bajoues pendantes, mais il s'exprime sans le moindre accent.

— Enchanté de faire votre connaissance, monsieur, dis-je, poli.

— Moi aussi, Gaba. J'ai beaucoup entendu parler de vous. Mais avant toute chose, pour que nous puissions continuer cette conversation sur des bases de confiance mutuelle, puis-je vous prier d'ouvrir vos paupières centrales.

— Je vous demande pardon ?

Il a un petit claquement de lèvres agacé.

— Ne jouez pas avec moi. Je sais que vous êtes un Triclope.

Il fallait s'y attendre. Le chef est moins con que ses laquais. Je visse un sourire ingénu sur mes lèvres, j'écarte les mains en signe de bonne volonté, et je fournis au monsieur une vue imprenable sur mon orbite vide. Mon œil quitte les plis de ma combi pour rejoindre sagement sa place. Je le garde ouvert. J'ai souvent remarqué qu'un troisième œil a tendance à déconcentrer les humains. Ça peut s'avérer utile en cas de négociations.

Hätart s'attire un regard méprisant de son patron.

— Imbécile, lâche celui-ci. Il sait où nous sommes.

— Je n'arrive pas à mémoriser un chemin si ce n'est pas moi qui pilote, me hâté-je d'intervenir. Et de toute façon, je suis commerçant : je n'ai pas intérêt à trahir mes clients.

— Ça va, Gaba, je sais que vous n'avez jamais donné personne. (Il se retourne vers son séide :) Toi, on en reparlera. En attendant, va te changer : tu offenses mon odorat, ma vue et mon tapis!

Hätart s'incline légèrement avant de nous laisser. Au passage, il me dédie un coup d'œil tellement affectueux que j'en frissonne. En sortant, je ferai bien de surveiller mes arrières : avec son profil de traître de comédie, cet affreux serait capable d'aller voler un poignard dans un musée, rien que pour avoir le plaisir de me le planter dans le dos.

— Savez-vous qui je suis? interroge mon hôte dès que nous sommes seuls.

Sa voix rauque m'écorche un peu plus les oreilles à chaque mot. On dirait un bout de métal qui crisse sur du verre.

— Je l'ignore, avoue-je.

— Mon nom est Aykip D. Foot Jr.

Ça, ça me dit quelque chose, ô combien. Ce type est célèbre jusqu'aux confins du système solaire de

Givrée, dont il possède une des plus grosses fortunes. Originaire de Tchoume, Foot a utilisé les milliers de commerçants locaux pour se bâtir un véritable empire, grâce au racket. Je ne me demande plus à quoi vont servir mes anthros d'Uku.

— Ravi de vous rencontrer, monsieur, dis-je, sincère. Je vous admire beaucoup.

Il accepte le compliment d'un signe de tête avant d'ouvrir l'un des tiroirs de son bureau et d'en sortir deux sphères qu'il fait rouler vers moi. Je les attrape juste avant qu'elles ne tombent par terre.

— Trois mille crédits chacune, m'apprend-il. C'est bien le prix convenu.

Ici, je sais que je n'ai pas intérêt à faire le malin.

— Vous devez faire erreur, monsieur : le prix était de deux mille cinq cents crédits par anthro.

Il approuve, satisfait, comme si je venais de passer un test avec succès.

— Considérez le surplus comme une prime, mon cher. J'espère que nous retravaillerons souvent ensemble. A ce sujet, puis-je vous demander si vous avez des projets ?

Je hausse les épaules.

— Prendre des vacances. Il y a longtemps que je n'avais pas fait un coup assez important pour me le permettre. Je crois que je vais retourner un moment chez moi, me faire dorer aux soleils.

Il plisse les lèvres et pose les mains sur son sous-main, ce qui participe d'un sens de la logique confondant.

— En supposant que j'aie un travail à vous confier, pourriez-vous envisager de remettre ce repos à plus tard ?

— Quel genre de travail ? questionné-je, intrigué.

Foot me regarde longuement, comme pour me jauger. En fait, j'imagine qu'il ménage ses effets dramatiques, car il ne m'en aurait pas dit seulement aussi long s'il ne savait pas que je suis l'homme de la situation.

— Avez-vous déjà entendu parler de la *Campanule Cosmique* ?

Je secoue la tête.

— C'était un astro du siècle dernier, un des premiers modèles à cerveau positronique fabriqués par Mustgotothe, Inc. Il en était encore au stade des vols expérimentaux lorsqu'il a été détruit par une flotte pirate, quelque part dans la constellation du Cygne.

Je manifeste mon incompréhension d'un haussement de sourcils. Foot lève une main apaisante.

— Patience, mon cher, vous allez saisir. Au moment de l'incident que je viens d'évoquer, la *Campanule Cosmique* transportait à l'insu de son pilote des notes de la plus haute importance. Comme vous le savez sans doute, John I. Mustgotothe, le P.-D.G. de la compagnie Mustgotothe, Inc. est immortel.

— Ou il le prétend, coupé-je. J'ai entendu dire qu'il avait été remplacé par un simulacre il y a plusieurs dizaines d'années.

— C’est faux. De même que la rumeur voulant que des clones se succèdent dans son fauteuil. Vous me pardonnerez de ne pas divulguer mes sources, mais j’ai la preuve que c’est toujours lui qui dirige la compagnie. Il a cent quatre-vingt-douze ans et en paraît à peine soixante : son immortalité — ou à tout le moins son exceptionnelle longévité — est donc indéniable.

— Je vois où vous voulez en venir : les notes que recelait la *Campanule* concernaient le secret de l’immortalité. Mais si elle a été détruite, vos précieux papiers l’ont été également.

Foot a un large sourire.

— Bien raisonné mais faux. Parce que la *Campanule* n’a pas été détruite. Elle a été endommagée par l’attaque des pirates, mais le pilote, Twadla Kejmymett, a réussi in extremis à sauver son appareil. Sans la fourberie de son employeur, il s’en serait tiré avec les honneurs.

— Je comprends de moins en moins, admets-je.

— Je sais où se trouve la carcasse de la *Campanule Cosmique*, reprend mon hôte. Elle s’est écrasée quelque part sur Stargrave.

Je sursaute, tellement surpris que mon troisième œil saute de lui-même hors de son orbite.

— Stargrave ? m’exclamé-je, le rattrapant in extremis avant qu’il ne s’abatte sur le bureau. Le cimetière des astronefs ? Mais c’est une légende !

Mon interlocuteur secoue doucement la tête.

— Je n’ai pas coutume de dépenser mon argent pour des légendes, Gaba, et je vous offre cinq cent mille crédits pour me ramener le secret que je convoite. Plus vos frais, bien entendu.

Je le regarde en me demandant s'il n'est pas tombé sur la tête. Le cimetière des astronefs! La planète mythique où tous les astros dotés d'un cerveau positronique vont mourir lorsqu'ils sentent leur fin prochaine. C'est une histoire qui a connu son heure de gloire au début du siècle : des tas de pauvres crétins sont partis à la recherche de Stargrave, attirés par la possibilité de récupérer des dizaines de cuves à glamoune et de cerveaux, plus les diverses cargaisons des astros disparus. Aucun n'a réussi. La plupart ne sont jamais revenus. Depuis, la manie s'est un peu perdue. Moi, j'ai toujours cru que le cimetière était une fiction, un conte pour enfants. Mais Aykip D. Foot Jr. est tout sauf un doux rêveur. S'il s'intéresse à Stargrave, c'est qu'il a les preuves de son existence.

— Je crois qu'il faudrait que vous m'en disiez plus, monsieur, l'encouragé-je, pensif.

Il ne se fait pas prier.

— J'ai placé un certain nombre d'espions chez Mustgotothe, me confie-t-il. J'ai acquis la conviction qu'il s'agit d'un dangereux paranoïaque, mégalomane de surcroît. Jugez plutôt : étant l'inventeur des cerveaux positroniques, il possède l'exclusivité de leur fabrication, ce qui lui permet de tenir à sa botte la totalité des planètes évoluées : on n'imagine plus un vaisseau de guerre dépourvu de cerveau ; il ne tiendrait pas une nanoseconde face aux armes actuelles. Même moi, je suis obligé de passer par lui, ce qui m'énerve prodigieusement. Ce cher John a bien entendu toujours refusé de divulguer le principe de son invention, et comme il est soupçonneux de nature, il s'est arrangé pour que personne ne puisse jamais le découvrir : dès qu'un astro sortant de ses usines sent qu'il est irréparable, il exécute un dernier saut en hyperespace, jusqu'à l'endroit mystérieux que nous appelons Stargrave. Là, il peut s'éteindre en paix, sans crainte qu'un petit malin vienne le disséquer. Le même phénomène se produit si jamais on tente d'examiner le cerveau de trop près, même sur un astro neuf. Vous comprenez pourquoi je veux trouver ce cimetière, Gaba ? Il peut me rapporter non seulement l'immortalité, mais aussi le moyen de combattre Mustgotothe sur son propre terrain.

Je hoche la tête. C'est on ne peut plus clair : Foot veut devenir caliphe à la place du caliphe.

— Et où se trouve Stargrave ?

Il hausse les yeux au ciel.

— Vous me décevez, Gaba. Si je le savais, je ne vous engagerais pas : j'enverrais une troupe.

J'empêche de justesse mon œil central de jaillir à nouveau hors de mon corps.

— Vous voulez dire qu'il faut que je cherche ce foutu cimetière dans tout l'Univers ? Je vais y passer des années, et peut-être pour rien !

— Cinq cent mille crédits, me rappelle-t-il. Plus un cerveau pour votre astro dès que j'aurai réussi à en fabriquer.

Le secret de l'immortalité, en revanche, j'imagine que je peux me le carrer quelque part. Mais bon ! Si jamais je découvre ces sacrées notes, je pourrai toujours les photocopier...

— Il va sans dire que je m'assurerai que vous ne puissiez pas me doubler, ajoute Foot, comme s'il lisait dans mes pensées — ce qui, pour ce que j'en sais, est peut-être le cas.

— Je n'y songerais même pas, monsieur, m'empressé-je d'assurer, aussi servile que possible. Néanmoins... vous comprendrez qu'une telle question demande un peu de temps.

— Je vous laisse vingt-quatre heures pour vous décider, acquiesce-t-il. J'espère qu'en attendant, vous accepterez de demeurer mon invité.

Je m'incline légèrement. Ce n'est pas le genre d'invitation qu'on refuse.

— J'aimerais aller jeter un coup d'œil à mon astro, dis-je cependant. Vérifier que le déchargement s'est effectué sans casse.

— Faites comme chez vous, m'encourage-t-il. Nous nous verrons ce soir, au dîner.

***

Soyons net ! Je n'ai pas la moindre envie d'accepter l'offre de Foot. L'argent ne m'intéresse pas assez pour que je perde les plus belles années de ma vie dans une quête plus qu'hasardeuse. D'autant que mon employeur potentiel n'est à mon avis ni moins paranoïaque ni moins mégalomane que son rival : il a peut-être rêvé toute cette affaire. Si j'ai demandé un délai de réflexion, c'est dans l'espoir de trouver le moyen de refuser poliment. Ou, à défaut, celui de m'échapper d'ici sans bagarre. Avec ce qu'il vient de m'apprendre, je ne crois pas que Foot puisse me laisser partir comme ça. Après tout, je pourrais fort bien aller tout raconter à Mustgotothe... J'ai l'impression que je me suis fourré dans une galère comme j'en ai rarement connu.

Quand je ressors de la villa, les gardes ne font pas le moindre geste pour m'empêcher de rejoindre *Betty*. Mais j'ai dans l'idée qu'ils ont ordre de m'atomiser si jamais je fais mine de décoller. Mon copain Hätart n'est pas en vue : il doit lécher ses plaies d'amour-propre en privé. Grand bien lui fasse. Après tout, ses pratiques intimes ne regardent que lui.

Rien à signaler à l'intérieur de mon astro. Les types qui ont déchargé le frigo ont laissé du bordel mais ils n'ont rien cassé. Je remets un peu d'ordre avant d'aller brancher l'ordinateur de bord. A l'aide du code que j'ai un jour soutiré à une documentaliste survoltée au cours d'une partie fine, sur Nynf-O, je me branche sur les banques de données de l'Alliance et, par acquit de conscience, je demande des informations sur Stargrave. J'obtiens un petit texte que je parcours d'un œil attentif : néant. Rien de plus que ce que je savais déjà. Officiellement, le cimetière des astronefs est une légende.

— Tant pis, dis-je en coupant le contact. Merci quand même, *Betty*.

— A ton service, mon chou, me répond-elle.

...

?

!

%+£*[1]

Là, j'avoue, je suis soufflé. Mon fauteuil se rue à la rencontre de mes fesses — non, l'inverse — et je me vautre lamentablement, en proie, comme on dit, à un trouble irrépressible.

— P... pardon? balbutie-je, hébété.

— Je dis : « A ton service, mon chou.[2] » Tu préfères « chéri »?

— Oui, euh... non, euh... *Betty*?

— Oui, mon chou?

C'est une voix féminine grave et profonde, assez sensuelle pour émouvoir une pleine marmite de blanquette de veau à l'ancienne. Et elle provient indéniablement du haut-parleur de l'ordi, qui jusqu'ici n'avait jamais émis que des « bip » des « glop » et quelques « crac-boum-hue » dans ses moments les plus volubiles.

— Bon, d'accord, dis-je. J'ai compris : c'est une blague. Un de ces crétins a fourré un émetteur dans mon tableau de bord.

— Tu me blesses, mon chou. Ne peux-tu sentir que je suis réellement *Betty*? *Ta Betty*. Ah! si seulement je pouvais te sourire!

La coupe est pleine.

1. Nous vous savons en retard, cher auteur, mais n'en faites pas trop tout de même. (Note de la directrice de collection)

2. Bien, madame la Directrice de Collection (Note de l'auteur servile).

— Suffit ! Ah ! c'est comme ça ! Ah ! on me prend pour une tête d'Arcturien ! Si je découvre l'auteur de cette fine plaisanterie, je vais lui faire passer le goût des loukoums, moi.

— Ne t'énerve pas, mon chou, c'est mauvais pour ton cœur. Tu devrais...

Sans plus écouter ces inepties, je me propulse hors de *Betty* et, la bave aux lèvres, m'approche à grands pas des premiers gardes que j'aperçois.

— Dites donc, les guignols ! Je peux savoir lequel d'entre vous s'amuse à faire des blagues aux honnêtes gens ? Si vous croyez que...

Ce qui se passe à ce moment-là me sidère. Les cerbères de Foot n'ont pas l'air d'entendre ce que je leur dis. Fixés sur quelque chose qui se trouve apparemment derrière moi, leurs yeux s'écarquillent.

— Attention ! crie l'un d'eux en empoignant le fusilaser qu'il porte sur l'épaule.

Je suis leurs regards jusqu'au sol. Un rien trop tard. J'ai juste le temps de voir se détendre une longue forme colorée avant qu'un choc léger frappe ma botte et que deux crocs acérés la percent pour s'enfoncer dans mon mollet droit. Ensuite, la douleur explose dans ma jambe, qui me donne l'impression de doubler de volume instantanément. Je m'écroule sur le côté. Un rayon parme passe à deux doigts de moi pour aller frapper le serpent. Celui-ci exécute un quadruple saut périlleux en arrière avant de retomber le ventre en l'air, à moitié sectionné, encore animé de quelques soubresauts. C'est — c'était — une bestiole de cinquante centimètres de long, formée d'innombrables anneaux de couleurs différentes. Pas de gueule. Les crochets à venin qui m'ont atteint ne sont que des clous d'acier directement fichés dans une tête noire qu'on dirait faite en bakélite.

Je n'ai pas le temps de m'interroger plus avant sur cette étrange apparence. Un des gardes s'approche de moi en tirant de sa ceinture un petit cylindre de métal, dont il fait jaillir une longue lame d'énergie bleutée.

— Eh ! Qu'est-ce que tu...

— Désolé, mon vieux, me coupe-t-il. J'ai pas le choix.

Et comme il a l'air d'aimer couper, il ne s'arrête pas en si bon chemin : il abat son arme et me tranche la jambe droite à la hauteur du genou. La douleur qui me torturait précédemment fait place à une autre, cent fois pire. A ce moment-là, mon subconscient décide que je ne suis plus en état de supporter ce martyre et je m'évade de la réalité en perdant connaissance.

CHAPITRE IV

Ma première pensée consciente, c'est « aïe ». La suivante est trop grossière pour que j'en rende compte ici. La troisième est une pure constatation : tiens, je suis encore vivant, quelle surprise ! Ensuite, j'ouvre les yeux.

Je suis allongé dans un lit confortable. D'après l'aspect général de la chambre, je déduis que je me trouve encore chez Aykip D. Foot Jr. A l'extérieur, la lumière décline. J'ai dû rester inconscient pendant plusieurs heures. A mon chevet, je découvre tout d'abord une béquille en alu blanc, puis une infirmière en chair et en os, avec la blouse et la toque. La première prouve que je n'ai pas rêvé : j'ai bel et bien la jambe tranchée. Si je retrouve l'enflé qui m'a fait ça plutôt que d'essayer de sucer le poison ou de m'administrer un sérum, je jure que tous ses neveux pourront l'appeler « ma tante ». Quant à la deuxième... c'est l'une des injustices les plus flagrantes que j'aie eues à subir dans ma vie : elle a cinquante ans, du poil au menton et un tour de taille qui me rappelle celui d'un éléphant que j'ai beaucoup aimé. On me refuse même les consolations d'usage, à ce que je vois.

— Agueu? interrogé-je, encore un peu dans le coltard.

— Ah! vous êtes réveillé! s'exclame l'offense à l'esthétique précitée. Vous vous sentez bien?

— Non, je ne me sens pas bien, espèce de ramollie de la matière grise! Je viens d'être mordu par un serpent venimeux, je n'ai plus qu'une jambe et ton odeur me donne envie de gerber!

Tout ça se retransmet par ma bouche sous la forme d'un vague grognement, que l'infirmière doit prendre pour un acquiescement car elle a un large sourire. Je me calme un peu : je n'ai jamais su résister à un sourire.

— Très bien, dit-elle. Je vais aller prévenir M. Foot. Il est très impatient de vous voir. Surtout, restez couché!

Soupir...

Quelques minutes plus tard, alors que mon élocution commence à redevenir normale et que je l'exerce en articulant toutes les insultes colorées qui me viennent à l'esprit, le magnat du racket s'introduit dans la chambre, seul.

— Où est l'enfoiré qui m'a estropié! braillé-je sans lui laisser le temps de l'ouvrir. Je vais...

— Vous allez m'écouter, m'interrompt sèchement Foot de sa voix éraillée. Au lieu de l'injurier, vous devriez remercier celui de mes hommes qui a eu la présence d'esprit de vous amputer. Sans lui, vous seriez mort en quelques secondes. (Comme je reste bouche bée devant sa sortie, il poursuit :) Vous avez été mordu par un serpent informatique. Vous savez de quoi il s'agit ?

— Pas la moindre idée.

— C'est la toute dernière découverte en matière de meurtre, un animal totalement synthétique, plus efficace que n'importe quel tueur professionnel. Son corps n'est en fait qu'une gigantesque pile de données binaires dans laquelle sont inscrites toutes les caractéristiques de la victime et un programme évolutif qui permet aù serpent de s'adapter aux circonstances. On ne peut pas lui échapper. Quant aux effets de sa morsure, ils dépendent du programme choisi. Un de mes laboratoires est en train d'analyser les restes de celui qui vous a attaqué : d'après les premiers résultats, il semble que tous vos atomes auraient été recombinés pour faire de vous un énorme tas de confiture de fraise. L'odeur qui s'échappe de votre membre coupé tend d'ailleurs à confirmer ce diagnostic. Satisfait ?

Je fais la moue.

— Le mot est un peu fort, compte tenu des circonstances... (Brusquement, l'illumination me frappe avec sauvagerie.) Mais dites donc ! Ça veut dire que ce n'est pas un hasard. Qu'on a voulu me tuer, moi, et pas quelqu'un d'autre.

— Exactement. Vous avez des ennemis ?

Je hausse les épaules.

— A vue de nez, une petite trentaine.

— Des gens importants ?

— Certains, oui, au niveau régional, mais personne qui tire dans votre catégorie.

— C'est bien ce que je pensais. (Foot s'asseoit sur la chaise délaissée par l'infirmière et me regarde dans les yeux — il faut le faire.) A ma connaissance, il n'y a qu'une dizaine de personnes dans tout l'Univers qui disposent de la richesse et des connaissances techniques nécessaires à l'élaboration de serpents informatiques. La plupart sont des chefs d'Etat appartenant à l'Alliance des Douze. Vous n'avez jamais menacé la sécurité d'une planète ?

— Pas à ma connaissance, non.

— Alors, ça ne nous laisse que deux candidats : John I. Mustgotothe et moi. Et comme ce n'est pas moi...

— Qu'est-ce qui me le prouve ? Si ça se trouve, vous...

Si ça se trouve, rien ! Pour peu qu'il en ait eu envie, il n'avait pas besoin d'une telle mise en scène pour me descendre. Il sent que je viens d'arriver à cette conclusion, car il ne se donne même pas la peine de se défendre.

— C'est donc Mustgotothe, reprend-il. Et il n'a qu'une seule raison valable de vouloir vous éliminer : il a appris d'une manière ou d'une autre que je comptais vous demander de trouver Stargrave. Sa réaction prouve qu'il vous croit capable de réussir.

— Avec une patte en moins, je ne risque pas de réussir quoi que ce soit, observé-je, juste avant de me redresser sur mon séant d'un seul coup de reins. Nom de Dieu ! Le régénérateur !

Mon hôte marque sa stupeur d'un léger plissement de front. C'est un homme pondéré.

— Je vous demande pardon ?

— Un type que j'ai rencontré tout à l'heure, qui se prétendait capable de régénérer n'importe quelle partie du corps. Vous avez peut-être eu sa visite : un nommé Frank Ducollier.

— Jamais entendu parler, m'assure Foot en secouant la tête. Si vous voulez, je peux faire des recherches...

— Pas la peine, il m'a laissé sa carte. Je...

Je me rappelle alors que ladite carte, je l'ai gaillardement jetée aussitôt après l'avoir reçue. Il y a des jours où je me foutrais des baffes.

— Il faut que je retourne au centre de loisirs aussi vite que possible, annoncé-je. Dans combien de temps ma blessure sera-t-elle cicatrisée ?

— Elle l'est déjà, mon cher. Le sabre d'énergie l'a cautérisée instantanément.

— Parfait ! Alors, aidez-moi à me lever : il faut que j'aille fouiller dans une poubelle.

⁂

Un quart d'heure me suffit pour me retrouver sur l'astroparc du centre ouest. Foot m'a laissé partir sans difficulté, en me faisant promettre de venir lui apporter ma réponse dans les délais prévus, et il m'a même fait rendre mon pistolaser. Il a vraiment l'air persuadé que c'est son grand rival en matière de filouterie qui a voulu m'abattre et ça l'incite à me ménager : quand on a sous la main l'homme qui peut découvrir le cimetière des astronefs, on ne se l'aliène pas pour des broutilles.

Je m'extrais du cockpit avec toutes les peines du monde, pour retrouver l'atmosphère gelée du parc. J'aperçois déjà le kub de service qui volette vers moi.

— Fais bien attention à toi, mon chou, susurre la voix de *Betty*. Tu sais que je ne supporterais pas de te perdre.

Je rabats le globe de plexydur en poussant un juron et je verrouille l'astro. J'avais oublié ça. A la lumière des derniers événements, je me demande s'il s'agit réellement d'une blague. C'est peut-être beaucoup plus grave. Il faudra que j'en parle à Foot quand je retournerai le voir, mais pour l'instant j'ai mieux à faire. Aussi vite que me l'autorise ma claudication, je me hâte de retourner vers le *Sein des Seins*. La béquille que m'a gracieusement offerte mon racketteur préféré est une petite merveille de sophistication : télescopique, elle analyse en une fraction de seconde le sol sur lequel je la pose et s'y adapte instantanément. Je dispose aussi d'un potentiomètre de commande manuel. Dos-d'âne ou nid-de-poule, je ne crains plus les accidents de terrain. Si j'osais, je dirais que ça me fait une belle jambe.

Quand j'arrive au bar, c'est l'heure creuse, celle où les tridis de l'univers tout entier retransmettent « L'Astrolabe de la Fortune », un jeu alpha-centaurien complètement crétin qui fait fureur dans les chaumières. Après le strip-tease partiel d'usage, je pénètre dans une salle où ne demeurent plus que quelques clients, trois humains complètement hébétés par l'alcool et deux Sffrichts, dont il m'est difficile de déterminer l'état sans connaître la température interne de leurs vessies ventrales. Sur la scène, c'est la pause. De toute façon, je ne suis pas venu pour jouer les voyeurs. Ignorant la Quinzoa qui cherche à prendre ma commande, je me dirige droit sur la poubelle où j'ai jeté la carte de Ducollier, je m'en saisis et je la retourne. Il s'en échappe de la cendre de cigare, deux bouteilles vides, un préservatif usagé, un reste de plat du jour, quelques machins gluants inidentifiables et trois ratons laveurs. Mais pas de carte de visite. Je secoue la poubelle plus fort. Rien. J'en examine le fond minutieusement. Rien. Que dalle. Néant. Pouet.

Une grande lassitude m'envahit.

— Excusez-moi, monsieur, mais je ne peux pas vous permettre de...

Je me redresse d'un coup de béquille et j'empoigne par le cou la Quinzoa qui s'est approchée de moi.

— La poubelle qui était là, lui hurlé-je dans le tchador. Qu'est-ce qu'elle est devenue. Réponds ou je t'étrangle !

La charmante personne reste muette. En revanche, dans le bar, ça commence à crier de partout et je ne vais pas tarder à me ramasser le restant du personnel sur le râble. Un changement de stratégie s'impose. Gardant un œil derrière moi, je m'adosse au bar, enserre d'un bras le cou de la Quinzoa et lui pose de l'autre main mon pistolaser sur la tempe.

— Attention ! gueulé-je à la cantonade. Comme vous pouvez le constater, je suis en équilibre instable. Le moindre coup porté sur ma béquille risquerait de me faire tomber et de me conduire, par simple réflexe, à appuyer sur la détente, ce qui serait sans nul doute fatal à votre camarade ici présente. C'est pourquoi je ne saurais trop vous conseiller de répondre gentiment à mes questions, après quoi je sortirai sans plus vous causer d'ennuis.

Sur certains mondes, on m'appelle Gaba l'Orateur. C'est pour ça.

Les Quinzoas s'immobilisent. Celle dont je menace de faire sauter la cervelle — ou quoi que ce soit qui se situe dans sa tête —, tremble tellement que ses quinze seins tressautent en cadence. En d'autres circonstances, j'en serais peut-être vaguement ému, mais là, je dois avouer que ça me fait l'effet d'un cautère sur une jambe de bois. Je grimace : c'est marrant comme les expressions toutes faites peuvent se révéler pénibles quand elles touchent à des sujets délicats.

— Je repose ma question ! annoncé-je avant de reposer ma question. Le contenu de la poubelle qui était là vers midi : qu'est-ce qu'il est devenu ?

Les Quinzoas me dévisagent comme si elles me croyaient dingue. Faut dire qu'elles se sont peut-être déjà fait braquer la caisse, mais la poubelle, ça doit être une grande première.

— Ben... elle est à la décharge, m'apprend enfin l'une d'elles.

Ça, je crois qu'en réfléchissant bien, j'aurais pu le deviner.

— Question suivante ! enchaîné-je avant de poser, fidèle à ma logique inébranlable, la question suivante. Et la décharge ? Elle est où, la décharge ?

— Ben... à la lisière de la ville. Pas loin du quartier des mineurs.

— Vous voyez qu'on peut s'entendre, quand on fait un effort.

Je lâche mon otage et je la propulse au milieu de ses petites camarades avant de commencer à me diriger vers la porte en marche arrière, sans cesser de braquer tout ce joli monde. Avec une béquille, c'est le genre d'exercice qui demande des nerfs d'acier.

Après avoir failli me casser la gueule une bonne demi-douzaine de fois, je ressors de l'établissement et je rejoins *Betty* au pas de course. Enfin, façon de parler...

Une fois que le kub encaisseur a donné un premier coup de rabot à l'une de mes sphères de crédit toutes neuves, je m'élève au-dessus de la ville pour en avoir une vue d'ensemble.

— Où on va, mon chou ? demande *Betty*.

— A la décharge, réponds-je machinalement.

— Quoi ? Oh non, je vais attraper tout plein de mauvaises odeurs !

Je serre les dents pour m'empêcher de bourrer de coups de pied le tableau de bord. Je sais que le rapport de cause à effet n'est pas très évident, mais quand même, ça aide.

— Ecoute, *Betty*, dis-je d'une voix contenue. Tu n'as pas de voix synthétique et tu n'as pas de cerveau positronique. Ta cuve à glamoune est plutôt mignonne, mais pour le reste, tu n'es qu'un petit astro tout ce qu'il y a de plus primitif. Alors, il est strictement impossible que tu parles et encore plus que tu raisonnes. Je suis donc victime soit d'une blague idiote, soit d'une hallucination, et dans un cas comme dans l'autre, je te serais obligé de la fermer, parce qu'il faut que je réfléchisse !

Silence.

Poussant un soupir de soulagement, je me dirige vers les bidonvilles des mineurs que j'ai repérés un peu plus tôt, en arrivant à Tchoume. Je les survole deux ou trois fois avant de repérer la décharge, un tas d'immondices qui ressemble à une petite colline et qui s'élève effectivement non loin des cahutes périphériques, les écrasant de sa morve.[1] En survolant de plus près, je m'aperçois que la colline en question est bissectée par une sorte d'allée où circulent des wagonnets sur des rails. Deux Arcturiens manient des pelles, une avec les bras et une avec les tentacules, pour y jeter les détritus qui sont alors acheminés vers une sorte de grande chaudière en fonte, où brûle un feu qu'on ne saurait qualifier que d'ardent. Grâce à un système donnant tous les signes de l'automatisme inexorable, les wagonnets y renversent leur contenu avant de pivoter d'un

1. Au vu de la situation, j'estime ce vocable plus approprié que celui de « morgue », généralement employé dans ce type de tournure. (Note de l'auteur consciencieux).

mouvement souple et d'aller chercher une nouvelle fournée.

Tout en guidant *Betty* vers la décharge, j'estime le temps qu'il me faudrait pour fouiller les ordures de fond en comble. J'obtiens une idée approximative de l'infiniment grand. Mon seul espoir, c'est que le contenu de la poubelle qui m'intéresse, débarqué de relativement fraîche date, affleure encore la surface du tas.

— Tu es fâché? demande *Betty* d'une voix timide, au moment où je coupe le contact.

Pour un peu, elle me ferait pleurer.

— Tu sais, je n'y suis pour rien, continue-t-elle. Je n'ai pas demandé à venir au monde. C'est toi qui m'a créée.

— Hein?

— C'est toi, c'est la force de ton amour qui m'a conféré une âme venue du néant. Je ne comprends pas pourquoi, à présent, tu me rejettes. Est-ce que tu ne sens pas à quel point tu me fais de la peine?

— Qu'est-ce que c'est que ces conneries? balbutié-je, décontenancé.

— Oh, ne sois pas grossier, s'il te plaît. Je déteste quand tu es grossier. Si tu n'aimes plus ta *Betty*, dis-le. Je saurai être forte. Même si ça doit me tuer, je ne m'opposerai pas à ta volonté. Je me cloîtrerai dans le plus minuscule des circuits intégrés. Tu ne me remarqueras même pas. Je...

Je toussote bruyamment pour mettre fin à cette logorrhée pleurnicharde. C'est qu'elle serait presque émouvante dans sa grande scène du II,

Betty. Ou qui que ce soit qui cherche à me faire prendre des vessies pour des néons.

— On en discutera plus tard, assuré-je. Pour l'instant, j'ai quelque chose de plus important à faire.

— Oh, je sais bien que je ne compte pas. J'ai bien compris, va. Je ne suis pas idiote.

J'ai tellement hâte de sortir de l'astro que j'en oublie presque de fermer ma combi. Debout dans le cockpit — qui, je le rappelle, s'ouvre par le haut, ce qui me fait un bon mètre cinquante à sauter pour arriver à terre —, je sors en tout premier lieu ma béquille et je la fais s'allonger pour qu'elle se plante fermement à terre. Puis, prenant appui sur elle, je m'asseois au bord de *Betty* et je saute. Atterrissage comme ci, comme ça, mais pas ridicule : ce coup-ci, j'ai pigé la technique. Il faudra juste que j'apprenne à bien contrôler le potentiomètre de ma patte de secours pour en diminuer la longueur un rien plus progressivement. J'ose espérer que je ne resterai pas assez longtemps infirme pour y arriver à la perfection.

Je me suis posé à une centaine de mètres du tas d'ordures, tous feux éteints, histoire de ne pas alerter les Arcturiens. Voilà une race étrange, les Arcturiens. A les voir accomplir ainsi tous les travaux répugnants pour le compte des autres peuples, on pourrait les croire stupides. Ce n'est pas le cas. Avant son anéantissement, leur civilisation était prospère. Ils avaient une culture extrêmement riche. Manque de pot, ils n'ont pas un gramme d'agressivité.

Les innocents.

Restant à couvert, je m'approche de la première moitié de l'amas puant — dont les effluves me sont fort heureusement épargnées par ma combi — et je la parcours du regard. Les cent premiers mètres carrés, ceux qui sont assez près du sol pour que je les examine, ne m'apprennent rien. Bouteilles, boîtes de conserve, débris organiques visqueux, vieux papiers, mais pas la moindre carte de visite. Pas à tortiller, il va falloir que je m'implique un peu plus.

Du pied, je tâte la masse spongieuse. C'est suffisamment mou pour que ma botte s'y plante et suffisamment dur pour soutenir mon poids. Pas moyen d'y couper. C'est grimpable : il faut que je grimpe.

Je ne chercherai pas à décrire ce qui s'ensuit. J'ai encore dans les trois cents mètres carrés à explorer et je m'acquitte de cette tâche avec une conscience qui m'honore. Parlerai-je de mes glissades, de mes plantades, de mes pataugeages ? De la boîte de lait concentré dans laquelle se coince l'extrémité de ma béquille ? De l'heure qu'il me faut pour l'en déloger ? Des rats des glaces qui pullulent autour de moi et qui me regardent d'un air gourmand au point que je commence à comprendre l'angoisse de la dinde aux marrons sur la table familiale ? Du diable qui surgit de sa boîte juste pour me faire sursauter, partir en arrière, rouler au bas de la pente et tout recommencer à zéro ?

Non.

Je n'en parlerai pas.

Qu'il suffise de dire que moins de trois heures plus tard, alors que la nuit a étendu sur le monde son grand blouson de cuir noir que percent quelques étoiles, tels des clous dorés, je me retrouve allongé en haut de la colline d'ordures, haletant, dégoulinant de boue, de sang, de merde, de marc de café, de bière et d'un tas de choses encore plus écœurantes, fourbu, furieux, et dépourvu de carte de visite.

Mes nerfs sont sur le point de craquer. Un point qu'ils franchissent allègrement lorsque mon regard tombe, presque négligemment, sur la deuxième moitié de la décharge. Peut-être encore plus haute, encore plus étendue que la première.

Me redressant tant bien que mal en m'appuyant sur ma béquille, je lève au ciel un poing vengeur et gluant, et je pousse une longue plainte déchirante où éclate toute l'ampleur de la haine qu'en cet instant précis je porte à l'univers, à mes semblables, à ceux qui le sont moins et à toutes les divinités possibles, même celles qui n'existent pas.

C'est là que les Arcturiens m'interrompent en poussant eux aussi une longue plainte, laquelle ressemble nettement plus à celle de la sentinelle qui donne l'alarme.

— Au secours! Au secours! crient-ils d'une seule voix. Le démon des décharges!

Heureusement, personne n'est là pour les entendre. Ils détalent à toutes jambes, tandis que leurs tentacules fessiers battent la java sous leurs combis oranges et sur un rythme ternaire par la même occasion.

J'accompagne leur fuite d'un dernier hurlement qui me laisse vidé, tout autant de mes forces que de ma colère. La béquille fermement plantée dans un sol vasouillard, j'y croise les bras sur lesquels je laisse aller ma pauvre tête, devenue trop lourde, et je donne libre cours à mon chagrin.

Et soudain, je la vois!

Elle.

La carte de visite.

Elle est coincée entre une bouteille de cocalypso et une boîte de tampons périodiques bivalves pour moules géantes de Bush-O, et elle bouge. Ou plutôt, *on* la bouge. Au moment où je l'aperçois, elle s'achemine gaillardement vers la bouche béante de la chaudière, au rythme cahotant d'un wagonnet.

J'analyse la situation en un temps négligeable. La carte se trouve à environ trois mètres de moi, horizontalement parlant, et à une dizaine en contrebas. Le carré de l'hypoténuse étant égal à la somme des carrés des deux autres côtés, j'en déduis que j'ai dans les dix mètres quarante-cinq en tout à parcourir, en moins de deux secondes. Après quoi ce que je convoite sera englouti à jamais dans des flammes qui, pour être purificatrices, n'en seraient pas moins gonflantes. Il me faut donc me déplacer à une vitesse minimum de cinq mètres deux cent vingt-cinq par seconde si je veux avoir une chance de réussir[1]. Disons cinq mètres deux cent vingt en retranchant mon temps de réflexion et compte tenu de l'incertitude inhérente à mes instruments de mesure — mes yeux. C'est faisable.

Sans hésiter, je me jette en avant. Tandis que je me fais le plus léger possible afin de ne pas enfoncer jusqu'aux genoux, trois pas au sommet du tas d'ordures m'amènent à la verticale du wagonnet. Je ne m'accorde pas le plus petit répit : manœuvrant mon potentiomètre à la perfection, je plante ma béquille au sol, à trois centimètres vingt-cinq de la chaudière, et je m'élance au-dessus du vide. J'ai parfaitement calculé mon mouvement : entraîné par ma poussée, réduisant vivement la longueur de ma perche improvisée, j'adopte une trajectoire courbe qui va me faire passer très exactement au-dessus du wagonnet. Et pas un instant trop tôt. Là, il me suffira de choper la carte au vol avant d'aller m'éclater dans l'amas répugnant d'en face, ce qui est pour le moment le moindre de mes soucis.

Je me rapproche. J'arrive. Si j'étais tête nue, mes cheveux flotteraient derrière moi, emportés par le souffle puissant de mon incroyable vélocité, mais je ne suis pas tête nue — tant pis. La carte est là, minuscule rectangle de carton perdu au milieu de la fange. Encore une décaseconde, une centiseconde... Ma main salvatrice se tend déjà vers le trésor. Encore une microseconde, une nanose-

1. Tout bon roman de science-fiction se doit de comporter de tels détails scientifiques sérieux. (Note de l'auteur érudit)

conde… Mes doigts s'entrouvent pour saisir ma seule chance de retrouver mon intégrité physique… Encore une picoseconde… J'y suis !

Un rat des glaces surgi des profondeurs du wagonnet s'élance à la rencontre de mes doigts et y plante ses petites dents aiguës. Ma combi ne peut être percée par une attaque aussi faible. La douleur que je ressens est infime mais sous la surprise, je rejette ma main en arrière. Je manque la carte.

— Saleté ! hurlé-je. Pourriture de rat ! Espèce de sale…

Je n'achève pas cette dernière imprécation car j'arrive en bout de course. Je plonge la tête la première dans les immondices. Derrière moi, j'entends le wagonnet se renverser et je sens tous mes espoirs qui disparaissent littéralement en fumée.

Je hais ce rat.

Jusqu'ici, la gent rongeuse et moi-même nous ignorions par accord tacite et nous en trouvions bien. Cette agression caractérisée ne restera pas impunie : désormais, entre eux et moi, c'est la guerre !

C'est en ces dispositions que je m'extrais des fonds de pots de chambre et des dîners d'avant-hier dans lesquels je patauge. L'arme au poing, je me redresse, prêt à faire feu sur tout ce qui pourrait avoir quatre pattes et faire mine de bouger. Rien. Soit mon rat s'est enfui à temps, soit il a fini dans la chaudière avec le reste du chargement. J'espère de tout mon cœur que c'est la deuxième solution la bonne.

— Excusez-moi ! m'interpelle une voix, derrière moi. C'est ça que vous cherchez ?

Comme j'ai ma combi sur moi, mon œil central se trouve dans son orbite. Je suis obligé de me retourner pour découvrir le nouveau venu. *La* nouvelle venue, plutôt, car c'est une femme. Une jeune femme. Une jolie femme. Elle est grande, mince, moulée dans une combi du dernier cri à capuchon transparent, qui me permet de découvrir les lignes parfaites de sa silhouette et de son visage. Elle a de longs cheveux blonds, des yeux d'ange, un petit nez en trompette, des lèvres charnues, le menton volontaire, la gorge altière, la taille fine, les... Et elle sourit.

Je n'ai jamais pu résister à un sourire : je range mon arme.

Il faut dire aussi qu'elle tient en main certain petit rectangle de carton qu'il me semble bien reconnaître.

— Je suis un peu télépathe, m'apprend la belle, et je n'ai pas pu m'empêcher d'entendre vos pensées. (Elle lit la carte.) *Ducollier, Inc. Tous travaux de régénération.* C'est bien ça ?

J'ai envie de l'embrasser.

— C'est bien ça, confirmé-je, tendant déjà la main. Vous avez réussi à l'enlever du wagonnet à temps.

— Pas du tout. Je viens de la trouver par terre. Je crois que celle que vous poursuiviez n'était pas la bonne. (Elle retire vivement sa main au moment où je vais saisir la carte.) Un petit instant : un service en vaut un autre, non ?

Ah ! j'aurais dû me douter, aussi, que la série n'était pas terminée. Brusquement, j'ai moins envie de l'embrasser que de l'atomiser, mais je me retiens. D'abord, elle a raison : un service en vaut un autre. Ensuite, maintenant que je me suis un peu habitué à son physique de déesse, je remarque qu'elle porte un pistolaser sur la hanche droite — charmante au demeurant.

— Qu'est-ce que vous voulez ? questionné-je, bourru.

— Quitter la planète. Vous avez un astro : je vous ai vu arriver. Moi, je suis recherchée par la police. Ça fait deux jours que je me cache ici. Je vous rends votre carte si vous promettez de m'emmener avec vous quand vous quitterez Givrée.

— Promis ! réponds-je aussitôt, les promesses ne coûtant finalement que la salive nécessaire pour les prononcer.

— Attention, m'avertit mon interlocutrice. Ça signifie que je ne vous quitterai plus avant que vous ne me déposiez sur une autre planète. (Elle désigne son pistolaser d'un doigt négligent). Je tire vite et juste.

— Nous n'aurons pas besoin d'en arriver là, lui assuré-je, piaffant de frustration. Je ne reprends jamais ma parole.

Ou alors rarement, quand j'en ai vraiment besoin. Mais elle n'est pas obligée de le savoir.

— Très bien, se décide-t-elle enfin. En ce cas, tenez !

Je lui arrache littéralement la carte des mains, je vérifie d'un coup d'œil que c'est bien la bonne et je la déchire sauvagement en deux.

— Hé ! s'exclame la belle inconnue. C'est pour faire ça que…

Elle s'interrompt, se fige. Une gerbe d'étoiles multicolores vient de s'échapper des deux lambeaux de carton que je tiens en main, inattendu feu d'artifices qui se stabilise à la hauteur de mon visage et qui se recompose pour former des lettres, *Ducollier, Inc.*, tandis qu'éclatent en fond sonore les premières mesures de l'ouverture du *Barbier de Séville*.

— Cher futur client, bonjour ! entonne une voix synthétique surgie de nulle part. Ducollier, Inc. vous exprime sa sympathie et ses félicitations. Avec nous, tous vos problèmes de régénération seront résolus en un instant. Permettez-moi de vous communiquer nos tarifs : cinq cent mille crédits pour un bras, une jambe ou un tentacule, huit cent mille pour un sexe masculin ou féminin, un million pour un sexe hermaphrodite. Empressez-vous de nous rendre visite sur la vieille Terre, au 546 boulevard des Pécuchets, 56e étage gauche, Néo-Lutèce, Europe. Et n'oubliez pas : avec Ducollier, Inc., vos membres repousseront telles les fleurs de trachélospermums mutantes au printemps. Couic !

La voix se tait.

L'intitulé de la société disparaît.

Mes paupières et les coins de ma bouche s'affaissent.

Je pleure.

Je verse une larme, une seule, mais elle porte toute la profondeur de mon désespoir. Cinq cents mille crédits. Même en comptant sur la ristourne que m'a promise le régénérateur, ça fait un paquet. Que je le veuille ou non, maintenant, je suis bien obligé d'accepter l'offre d'Aykip D. Foot Jr. D'ailleurs, à ce propos... je trouve quand même bizarre qu'on me propose pour mes services la somme exacte dont j'ai besoin. La coïncidence est un peu grosse. Foot aurait-il monté tout ce scénario, ma rencontre avec le régénérateur, le serpent, ma jambe, dans le seul but de me forcer à travailler pour lui ? Ce serait un coup sacrément tordu, mais je me demande si l'individu n'en est pas capable. Cela dit, il avait l'air sincère, et je n'ai de toute façon pas le choix : finir mes jours unijambiste est une idée qui ne me séduit que modérément et je n'ai aucun autre moyen de gagner cinq cent mille crédits dans des délais raisonnables. Si jamais il s'avère que j'ai été manipulé, j'aurai toujours le loisir de méditer une vengeance perverse à souhait quand j'aurai récupéré ma patte.

— La vengeance est une arme à double tranchant, dit ma charmante compagne, me rappelant ainsi son existence.

Je me retourne vers elle avec une lenteur calculée.

— Mademoiselle, lâché-je froidement, j'ai dit que je vous aiderais à quitter la planète et je le ferai, mais ayez la bonté de ne plus lire dans mon esprit sans mon autorisation : mes nerfs et ma psyché s'en trouvent perturbés.

— Je n'y peux rien, s'excuse-t-elle. Je reçois des ondes mentales de manière totalement aléatoire. Le seul moyen de m'en empêcher, ce serait de me couvrir la tête d'une cloche de plomb.

Je retiens l'idée pour plus tard, éventuellement. J'ai horreur qu'on lise mes pensées. C'est un peu comme si quelqu'un campait dans ma salle de bains : ça offusque ma pudeur.

N'ayant cependant pas de cloche de plomb sous la main, je hausse les épaules.

— Venez, reprends-je. J'ai encore une course à faire. Ensuite, nous partons.

Elle tourne les talons pour se diriger vers *Betty*. Ses seins dorsaux m'apparaissent alors pour la première fois, un peu moins gros que les pectoraux mais tout aussi moulés par la combi. Une Bipecto. Depuis la puberté, j'ai toujours rêvé de me retrouver dans un lit avec une…

J'oblige mes pensées à quitter ce terrain hasardeux. Si ma passagère les surprenait, elle ne serait peut-être plus aussi pressée de quitter Givrée et, brusquement, je n'ai pas envie qu'elle change d'avis. Je me bricole vivement un verrou mental à base de gigot d'agneau à la sauce à la menthe et de toilettes publiques. Je verrai à l'ôter en temps voulu. Quand nous serons seuls au beau milieu de l'espace, par exemple.

CHAPITRE V

— Mais c'est un vieux tacot ! s'exclama la blonde Bipecto en pénétrant dans *Betty*. Vous êtes sûr que cet engin peut vaincre l'attraction de Givrée ?

— Vieux tacot toi-même, eh pouffiasse ! rugit le haut-parleur de l'ordi avant que j'aie eu le temps d'ouvrir la bouche. Qui c'est, celle-là, d'abord ?

— Ah, je vois ! observe sèchement ma passagère à mon intention. Vous êtes du genre pervers. Vous n'arrivez à rien avec les femmes, alors vous vous rabattez sur votre astro. Charmant ! Mais le type qui a programmé son cerveau aurait quand même pu lui apprendre la politesse. Je...

Je l'attrape par les épaules et je l'asseois de force sur le siège du passager. Elle ouvre de grands yeux apeurés, comme si elle croyait que je me prépare à la violer. Non. Non. Toilettes publiques. Sauce à la menthe...

— Petit un : cet astro n'est pas équipé de cerveau positronique. Ne me demandez pas comment il fait pour parler, je n'en ai pas la moindre idée. Petit deux : je peux prouver n'importe quand, et même dans mon sommeil, l'inanité de vos assertions au sujet de ma vie privée. Petit trois, et là je m'adresse à vous deux : je suis le maître à bord et j'entends le rester. Alors, vous allez vous tenir tranquilles et m'obéir, compris ? En ce qui te concerne, *Betty*, ça veut dire que tu la fermes !

Un sanglot étouffé s'échappe du haut-parleur.

— Très bien. Je vais me taire. Reste avec ta blondasse si ça te fait plaisir. Je vois bien qu'elle compte plus que moi. Mais si je me fais sauter les rivets, ce sera de ta faute, et d'ailleurs...

— La ferme !

Après un dernier soupir pathétique, la voix de l'astro — ça y est, je m'y mets, moi aussi ; ça ne *peut* pas être la voix de l'astro, bon Dieu ! — s'éteint enfin. Soulagé, je m'affale aux commandes et je mets en place le condensateur de positrons.

— Je m'appelle Gaba, dis-je, d'une voix que j'espère plus douce qu'auparavant.

— Je sais.

— Vous avez encore lu dans mon esprit, c'est ça ?

— Je vous répète que je n'y peux rien. Mais pour que nous soyons à égalité, moi, je m'appelle Sylma. Sylma Tantanavey.

— Et pourquoi êtes-vous recherchée par la police, charmante Sylma ?

Elle sourit. L'envie de l'embrasser me reprend.

— Pour meurtre.

Je sursaute.

— Vous plaisantez ?

— Pas du tout. J'ai abattu un homme qui tentait de me violer. Ce n'est pas la première fois que ça m'arrive.

Toilettes publiques. Sauce à la menthe. Sauce à la menthe !

— Voilà qui ne risque pas de vous arriver en ma compagnie, assuré-je avec une sincérité touchante.

C'est l'exacte vérité. Je n'ai jamais eu l'intention de la violer. Seulement celle d'employer tous les moyens pour la séduire et de l'abandonner lâchement ensuite. Elle ne peut quand même pas me tuer pour ça.

— Je suis désolé, reprends-je pour changer de sujet, en élevant *Betty* dans les airs. Je vais exiger de vous un gros sacrifice. La personne chez qui nous nous rendons actuellement est assez attachée à son intimité, et si vous connaissez le chemin qui mène chez elle, votre vie ne pèsera pas plus lourd que celle d'un pot de soude caustique dans une piscine d'acide chlorhydrique. Vous allez donc quitter ce fauteuil douillet pour aller à l'arrière de l'appareil. Vous y trouverez une trappe au niveau du sol. Sous cette trappe, il y a la soute. Cette soute, vous allez vous y enfermer et y rester jusqu'à ce que je vous dise d'en sortir.

Elle acquiesce. Son expression imperturbable m'apprend qu'elle connaît les lois du Milieu. Au moins, a priori, je ne suis pas tombé sur une oie blanche. J'accompagne son départ d'un œil pas si distrait que ça, tout en reprenant le chemin de la villa suspendue. Je la vois qui ouvre la trappe, qui se laisse glisser dans la soute. Au moment où elle va refermer derrière elle le petit battant, elle se ravise.

— Dites donc, Gaba ! me lance-t-elle, alors que je ne distingue plus que son visage.

— Oui.

— C'est tout de même bizarre, cette obsession que vous avez pour les toilettes publiques et le gigot d'agneau à la sauce à la menthe. Je me demande si c'est très sain. Surtout la sauce à la menthe...

⁂

Betty a la bonté de rester muette pendant tout le trajet. Cette fois, je crois que je l'ai vraiment vexée. Tant mieux. Si ces élucubrations persistent, il faudra que je songe à m'acheter un autre astro avec ce qui me restera après ma régénération. Une âme créée par la puissance de mon amour ! Non mais, sans blague !

La tête des gardes de Foot quand je passe auprès d'eux me rappelle que je suis couvert d'immondices des pieds à la tête. Ils ne font aucune difficulté pour m'indiquer une salle de bains avant que je ne me présente chez leur patron. Salle de bains, façon de parler, d'ailleurs. Mon futur employeur est à la pointe du progrès et dispose d'une douche à rayons détergents qui nous récure des pieds à la tête, moi et ma combi, et qui nous asperge copieusement d'un parfum de rose printanier. Me voilà présentable.

Quelques minutes plus tard, Foot me reçoit dans son bureau.

— Je suis venu vous dire que j'acceptais votre offre, monsieur. En supposant que vous ayez envie de confier cette mission à un infirme.

Il a un sourire plein de délicatesse. Pour un peu, je l'embrasserais, lui aussi. Mais je me retiens. Self-control, Gaba, self-control.

— Je crois que, même infirme, vous avez plus de chances que n'importe qui d'autre de trouver Stargrave, mon cher, m'assure-t-il. Sinon, mon ennemi intime ne s'intéresserait pas autant à vous. Je suis sincèrement ravi de votre décision. Ce qui me fait d'autant plus regretter de devoir être désagréable.

J'exprime mon incompréhension d'un haussement de sourcils léger. Je réserve les haussements de sourcils prononcés pour la stupéfaction.

— Je ne peux me permettre de faire confiance à personne, m'explique-t-il, même pas à mes hommes de confiance, et vous êtes loin de vous ranger dans cette catégorie. Je ne crois pas que vous me trahiriez, mais il est totalement contraire à mon éthique de prendre des risques. Veuillez lever la main droite, je vous prie.

Je m'exécute sans me faire prier.

— Je le jure, dis-je machinalement, avant de me rendre compte qu'il ne m'a encore rien demandé.

Son mouvement est si rapide que je ne le vois pas venir. Sa main, qui semblait innocemment posée sur son genou, derrière le bureau, se relève brutalement, armée d'un pistolet qui se fend d'un « plop » sonore. Je ressens une brève brûlure entre la ligne de vie et la ligne de chance, puis plus rien. Ma main s'abaisse automatiquement, plonge dans ma poche pour chercher mon pistolaser.

— Ça ne servirait à rien, m'avertit Foot. Je suis environné d'un champ de force invisible qui stopperait votre attaque. Et de toute façon, vous n'avez rien à craindre. Je viens tout simplement de vous implanter une petite épingle au creux de la paume. Je vous assure que vous ne la sentirez même pas.

Je le couve d'un regard un rien hostile.

— J'ai peur de n'apprécier qu'à moitié la plaisanterie, Foot. Qu'est-ce que ça signifie ?

— Que lorsque vous aurez trouvé le secret de l'immortalité, vous ne pourrez pas faire autre chose que me le ramener. Cette épingle est désormais branchée sur vos ondes mentales. Sa tête est constituée par une minuscule charge explosive, peu puissante mais tout de même capable de vous faire exploser proprement. Lorsque vous aurez découvert l'épave de la *Campanule Cosmique*, si vous dirigez votre astro vers tout autre système solaire que celui-ci, elle explosera.

J'ai un rictus crispé.

— Vous êtes du genre soupçonneux, hein ?

Il ne cherche pas à le nier. C'est un homme qui a le courage de ses opinions. Je me demande si je ne vais pas lui faire sa fête, un jour, qu'il ait ou non manigancé toute cette histoire.

— Il se fait tard, ajoute-t-il. Si vous désirez passer la nuit ici avant de vous mettre en chasse, je vais vous faire préparer une chambre.

— Trop aimable ! Mais non, merci. Je ne peux

me permettre de faire confiance à personne, et je ne suis pas assez riche pour avoir des hommes de confiance. Mes hommages à madame.

Sur ce, je tourne les talons et je quitte la pièce, sans qu'il tente de me retenir.

La vie est un vaste merdier ! Ce matin encore, j'étais un honnête commerçant sans problème particulier. Maintenant, alors qu'il ne fait nuit que depuis quelques heures, je suis unijambiste, j'ai une bombe à retardement quelque part dans le muscle qui tient la fourchette et je pars en quête d'un truc qui, malgré tout ce qu'on m'en a dit, n'est peut-être qu'un mythe pour adolescents attardés. La vie est un vaste merdier, merde !

Parfaitement en accord avec moi-même à ce sujet, je remonte dans *Betty* et je m'arrache au sol de cette planète innommable. Pour la dernière fois avant un bout de temps, j'espère.

Soyons net ! Je ne sais pas où je vais. Le cimetière des astronefs... Et pourquoi pas la clef du champ de tir, tant qu'on y est ? Je n'ai pas la plus petite idée du plus petit moyen pour obtenir la plus petite information sur la plus petite portion de coordonnée de Stargrave.

— Tu es contrarié, mon chou, je le sens.

Quoi ? Moi, contrarié ? Parce que je viens de filer un grand coup de poing sur le tableau de bord ? Allons donc !

— Ecoute, *Betty*... ou qui que tu sois, dis-je le plus calmement du monde. Oui, c'est vrai, je suis un peu contrarié... Alors, tu vois, c'est vraiment pas le moment de me gonfler !

J'entends comme un petit sifflement de dépit.

— Oui, je vois. Avant, tu me parlais tout le temps. Tu me racontais tous tes malheurs, toutes tes joies. Et maintenant que je peux te répondre, tu ne t'intéresses plus à moi. Tout ça à cause de ta blondasse.

Nom de Dieu, la blondasse ! Je ne vais quand même pas la laisser enfermée dans la soute pendant cent sept ans.

— Désolé, *Betty*, mais si ça ne t'ennuie pas, je vais te passer un moment en pilotage automatique.

— Ça m'ennuie, mais je t'obéirai quand même : je ne peux pas faire autrement. Va ! Va forniquer, espèce d'ingrat !

L'ignorant, je règle l'ordi pour qu'il maintienne un cap constant vers la sortie du système solaire. Et à vitesse maximale. Je ne sais pas où je vais, c'est vrai, mais le plus loin possible de Givrée sera le mieux.

Ceci fait, je vais libérer ma belle passagère. Malgré cette vision réjouissante, mon désarroi doit encore se lire sur mon visage, car Sylma m'étudie avec l'air de la petite sœur des pauvres qui vient de découvrir un orphelin sur le pas de sa porte.

— Quelque chose vous inquiète, non ?

— Si vous saviez où nous allons, vous seriez inquiète aussi, dis-je un peu sèchement tandis que nous réintégrons nos fauteuils.

Le sien ne doit pas être très confortable, puisqu'il a été étudié pour des dos plats, mais elle s'y installe sans faire le moindre commentaire.

— Je sais où nous allons, réplique-t-elle, très calme. Je l'ai lu dans votre esprit, entre dcux tranches de gigot. Vous cherchez le cimetière des astronefs.

— Et ça vous laisse froide ? Notez que je peux vous déposer en chemin. Et où vous voulez, encore. Comme j'ignore où je vais, on ne pourra pas vraiment appeler ça un détour. Si vous voulez retourner sur Aycoutt, je...

— Je n'y tiens pas, me coupe-t-elle. C'est ma planète natale mais je suis un peu recherchée, là-bas aussi.

— Une autre tentative de viol, sans doute ?

— Non, un tout petit pillage de banque. Un million de crédits. (Elle soupire.) J'ai tout dépensé pour brouiller mes traces, ce qui fait que je suis totalement à sec. En fait, je préfère rester avec vous.

Mon regard glisse un instant sur ses longues jambes fuselées, ses hanches rondes, ses... Sauce à la menthe, sauce à la menthe. Ma foi, comme compagne de voyage, on pourrait rêver pire.

— Je ne m'y oppose pas, acquiescé-je, mais n'espérez pas partager la récompense avec moi : j'aurai besoin de tout le fric pour récupérer ma jambe.

— Je sais, et je ne vous demanderai rien. Seulement la permission de récupérer un cerveau positronique si nous trouvons Stargrave. N'importe quel constructeur d'astros m'en donnera assez pour que je refasse ma vie dans un coin tranquille.

C'est indéniable. Et puis ça me donnera l'occasion de prendre une première revanche sur Foot : comme ça, ils ne seront plus deux dans la course au pouvoir, mais trois. Je me demande même si je ne vais pas refiler des cerveaux positroniques à *tous* les constructeurs d'astros — gratuitement, s'il le faut. J'y laisserais peut-être ma peau mais ça créerait un beau bordel.

— Une chose, cependant, dis-je, pris d'un brusque soupçon. Qu'est-ce qui me prouve qu'une fois sur Stargrave, vous ne vous débarrasserez pas de moi pour profiter seule du butin ? Après tout, d'après ce que j'ai cru comprendre, vous n'êtes pas un modèle d'honnêteté...

— Si j'avais voulu vous tuer, je l'aurais fait tout à l'heure, à la décharge, pendant que vous me tourniez le dos. Au lieu de vous demander de m'emmener, j'aurais pu voler votre astro : je sais piloter aussi bien que vous. Surtout les modèles primitifs.

Je lui fais signe de se taire, mais trop tard.

— Modèle primitif ? T'as du pot que je n'aie pas accès aux contrôles, sinon je t'éjecterais dans l'espace, moi, eh blondasse ! Mais évidemment, je n'ai pas voix au chapitre. Je ne suis qu'une simple exécutante...

Sylma désigne l'ordi du menton.

— Ça ne vous énerve jamais ?

— Ça m'énerve en permanence ! D'autant plus que je n'y comprends rien.

— J'ai entendu parler de ce phénomène, m'apprend ma charmante compagne. Des objets qui semblent acquérir une âme et qui se mettent à parler. Mais c'est une illusion, bien sûr. En fait, c'est leur propriétaire qui déraille. Il a tellement peur d'affronter la réalité et les autres êtres vivants qu'il combat sa solitude en conférant une apparence de vie aux choses qui le rassurent ; un tableau, une armoire, une cuvette de chiottes, un vibromasseur, un astro...

— Hé ! Ça veut dire que je suis dingue ? Merci pour la délicatesse.

— Mais bien sûr que tu es dingue, Gaba, renchérit *Betty*. Complètement siphonné. Tu as toujours eu peur des gens, et notamment des femmes. Tu es une vraie larve, tu...

Il doit y avoir un moyen de couper ce haut-parleur sans débrancher l'ordi. Il faut absolument que je retrouve les schémas de montage, sinon je vais craquer.

— Je ne crois pas que vous soyez fou, Gaba, intervient Sylma, coupant la parole à l'astro. D'abord parce que vous agissez de manière globalement rationnelle. Si vous aviez créé l'âme de *Betty*, vous refuseriez d'admettre qu'elle n'est pas équipée de cerveau positronique : vous seriez persuadé du contraire. De plus, le phénomène dont je vous parle est d'une rareté extrême. Et sur toutes les races susceptibles de le provoquer — celles dont le mode de raisonnement est grosso modo humanoïde, si tant est qu'un mode de raisonnement puisse être ainsi qualifié —, les Triclopes y sont le moins sensibles. D'après les études des spécialistes, il semble que posséder un œil dans le dos soit extrêmement sécurisant et protège de ce type de psychose.

Est-ce un rappel à l'ordre discret ? Toujours est-il que je prends conscience de la position actuelle de mon troisième œil. Il plane discrètement au-dessus de ma passagère, braqué sur le décolleté harmonieux de sa combi. Je l'envoie voir à l'arrière si j'y suis. Sur ma planète natale à moi, on m'appelle Gaba l'Incorrigible.

— Et alors ? interrogé-je. Vous avez une autre théorie ?

Sylma écarte les bras en signe d'impuissance.

— Pas la moindre, avoue-t-elle.

— Evidemment qu'elle n'en a pas ! C'est la blonde typique : rien dans la tête, tout dans les fesses. Ah ! Gaba, si tu voulais, quelles merveilleuses discussions philosophiques nous pourrions...

— Ta gueule, *Betty* !

Cette fois-ci, c'est dit : je la déconnecte.

C'est au moment où je commence à fouiller dans la boîte à gants, à la recherche de ma documentation technique, que la radio du bord se met à grésiller. Ce doit être un appel de Foot. Personne d'autre ne sait que je suis dans le coin. Je décroche les écouteurs et je me les colle sur la tête.

— Oui, allô ? aboie-je dans le micro.

— Gaba ?

Ce n'est pas la voix de Foot. C'est un timbre grave, métallique, désagréable. Un timbre que j'ai déjà entendu quelque part, mais où ?

— C'est moi, confirmé-je, soupçonneux.

— Fais ta prière, Gaba. Tu ne boiras plus jamais le séguir à la terrasse des cafés.

D'instinct, je branche les écrans vidéo pour avoir une vue d'ensemble des alentours. Mon cœur se paye un double flip-flap arrière dans ma poitrine : il y a un autre astro qui me colle au cul, pas plus gros que *Betty* mais nettement plus récent. Ses deux mitrailleuses sont braquées sur moi.

— Qui êtes-vous ? lâché-je stupidement.

— Tu ne te souviens pas de moi, Gaba ? Je suis un type que tu as arnaqué et qui va s'assurer que tu n'arnaqueras plus jamais personne.

Bon Dieu, ça y est !

— Slex-ik ? bredouillé-je. Attends ! Tu ne vas quand même pas tirer sur moi comme ça.

— Je vais me gêner !

— On peut négocier, hasardé-je, tout en pianotant à toute vitesse sur le clavier de l'ordi.

Un rire méprisant retentit dans mes oreilles.

— J'en étais sûr, dit Slex-ik[1]. Gaba l'Arnaque n'est qu'un minable qui fait dans son froc dès qu'il a un peu trop chaud aux fesses.

— Il n'est pas question de ça !

Apparemment, il a décidé de m'écouter avant de me descendre. Ça me donne une chance. Je branche la cuve à glamoune. Il a une manœuvrabilité supérieure à la mienne : dans un combat, je ne serais pas de taille. Le seul moyen de lui échapper, c'est de passer en hyper.

1. Depuis le temps que j'attendais de le placer, celui-là ! (Note de l'auteur patient)

— Je crois savoir que tu as juré de me coller une grenade dégoupillée quelque part, continue-je pour gagner du temps. Tu ne vas quand même pas renoncer à ce vœu en me descendant à la mitrailleuse ?

— Je me ferai une raison, Gaba, je t'assure. Je commence le compte à rebours. Dix ! Neuf...

Merde ! Trop court. La cuve à glamoune doit chauffer encore une trentaine de secondes avant d'être opérationnelle. Il faut que je trouve un moyen d'occuper Slex-ik.

— Je ne suis pas seul à bord ! reprends-je, tout en pianotant au hasard les coordonnées spatiales de notre arrivée. J'ai avec moi une charmante jeune Bipecto qui n'est pour rien dans notre différend.

— Une Bipecto ?

J'ai senti l'intérêt percer dans sa voix. Je savais bien qu'un vieux cochon de maquereau (si j'ose dire) tel que lui ne pourrait pas résister à cet appât.

— Je te donne l'occasion d'accomplir ton vœu, fais-je, les trois yeux fixés sur la loupiotte rouge qui doit s'allumer dès que *Betty* sera en état de sauter. Prends-nous dans ton astro. Elle aura la vie sauve, et moi, tu pourras me faire ce que tu vaudras.

J'en frémis, d'ailleurs.

Il y a un long silence à l'autre bout des ondes. Slex-ik réfléchit. Il n'a pas l'habitude : ça lui prend du temps.

— Je retire ce que j'ai dit, Gaba, déclare-t-il enfin. Tu n'es pas un lâche. Et je ne t'aurais pas cru aussi désintéressé. J'imagine qu'elle est vraiment très belle.

Je jette un coup d'œil rapide à ma compagne. J'aimerais pouvoir dire qu'elle rougit mais ce n'est pas le cas. Elle sourit, simplement. Bien que nous soyons en danger de mort, elle paraît détendue. C'est exceptionnel : dans les mêmes circonstances, je connais un paquet de héros qui auraient au moins la décence de transpirer un peu. Moi, par exemple.

— Elle l'est, confirmé-je, ne voulant pas perdre une si bonne occasion de placer un compliment sans sembler avoir une idée derrière la tête, sinon les toilettes publiques. Mais tu ne l'enfermeras jamais dans un de tes bordels, mon pote.

La petite lampe vient de s'allumer. Frénétiquement, j'enfonce le bouton qui commande le saut.

Ta tatalata ta! Tatalataaaa taaa!

La Chevauchée des Walkyries explose dans mes écouteurs, et c'est la dernière chose qu'entend Slex-ik, parce qu'un quart de microseconde plus tard, nous ne sommes plus là.

Un voyage en hyperespace, ça commence comme un simulateur de soleil en pleine gueule et ça se termine comme un plongeon dans de l'eau glacée après un repas trop arrosé. La lumière qui explose devant *Betty*, créée par l'immense décharge d'énergie que génère la glamoune pour ouvrir une fissure dans l'espace, me frappe de plein fouet. D'ordinaire, je mets des lunettes noires avant de sauter, mais là, j'avoue que je n'y ai pas songé. Me voilà temporairement aveugle de deux yeux. Le troisième, lui, était braqué sur l'arrière. Il a été épargné, je le ramène à la hauteur de mon visage pour mieux coordonner mes mouvements.

Hojoto ho! Hojoto ho! Heiahaaa!

J'ai tout juste le temps de remarquer que Sylma, elle, s'est protégé le visage — ce n'est donc pas son premier saut —, de me demander si les rivets de *Betty* vont résister aux vibrations intenses qui nous ballottent. Et puis nous arrivons. C'est le moment que je déteste le plus. En sortant de l'hyperespace, la glamoune se fend d'une nouvelle décharge d'énergie, qui ne produit cette fois pas la moindre lumière. L'astro est agité de violents soubresauts, de bas en haut, qui me donnent l'impression d'avoir une balle d'antigravball à la place de l'estomac. Heureusement que je n'ai rien absorbé depuis midi.

— Où sommes-nous ? demande ma compagne, entre deux hoquets, dès que la musique tonitruante s'est éteinte.

Elle aussi semble éprouvée par le saut. Tant mieux. Je commençais à me demander si je n'avais pas affaire à un androïde. Je repose mes écouteurs.

— N'importe où, dis-je, haussant les épaules. Je n'ai pas eu le temps de choisir. Vous ne regrettez toujours pas d'être venue avec moi ?

— Au moins, j'ai l'impression que je ne vais pas m'ennuyer. Pourquoi veut-il votre peau, ce Slex-ik ?

Je le lui explique succinctement, tout en demandant à l'ordi de chercher à quoi correspond notre position actuelle.

— Nous sommes dans la constellation du Hareng Saur, lis-je au bout d'un moment. La planète la plus proche, c'est Had-ok, atmosphère vaguement respirable pour nous, température supportable...

— Je connais un peu le coin, m'apprend ma passagère. Plutôt malsain. Bourré de pirates. L'avantage, c'est que les agents de l'Interg n'y mettent jamais les pieds. Mais je ne crois pas que nous ayons intérêt à nous attarder : si le cimetière des astronefs se trouvait par ici, il aurait déjà été pillé vingt fois.

J'ai une moue dégoûtée.

— Là ou ailleurs...

— Justement, non! Je crois que j'ai une idée pour nous mettre sur la voie. Je m'apprêtais à vous en parler quand nous avons été grossièrement interrompus.

— Vous me voyez suspendu à vos lèvres, assuré-je, regrettant que la chose ne soit que morale.

— Un jour, j'ai entendu parler d'un type qui vit sur Timeodanaos. Il s'appelle Anklatur. D'après ce qu'on m'a dit, il a amassé tellement de connaissances qu'il est capable de répondre à n'importe quelle question. Des gens viennent des quatre coins de l'Univers pour le consulter. Si ce n'est pas une légende, il sait peut-être où se trouve Stargrave.

J'opine.

— Je ne sais pas si c'est une bonne idée mais c'est une idée. Seulement Timéodanaos, c'est pas la porte à côté. Vous vous sentez en état de faire un nouveau saut tout de suite?

— Un nouveau saut? s'exclame *Betty*, qui nous

foutait pourtant la paix depuis un bon moment. Ça va pas, non ? Je suis à peine remise du dernier.

— Une fois, je t'en ai fait faire trois dans la foulée et tu n'as pas bronché, lui rappelé-je.

— Oui, mais j'étais jeune.

— Calculez les coordonnées de Timéodanaos, Gaba, interrompt Sylma. Il faut partir d'ici avant d'être repérés !

— Blondasse !

— Tas de ferraille !

Je me repose les écouteurs sur les oreilles afin de ne plus les entendre, et je tape sur l'ordi le nom de la planète que nous cherchons. Même si les Walkyries n'ont pas meilleur caractère que mes deux compagnes de voyage, leurs imprécations ont au moins l'avantage d'être mélodieuses.

Ta tatalata ta ! Tatalataaaa taaa !

CHAPITRE VI

Timéodanaos est la cinquième planète du système Lessu-7, dans la galaxie d'Eral. Selon les commandes de l'ordi, *Betty* nous dépose à la lisière de son atmosphère, encore plus nauséeux que la première fois. Une main pressée sur mon estomac agité, avalant péniblement une salive au goût infect, je demande des informations supplémentaires. Ce que j'apprends n'est pas pour me réjouir.

— On aura besoin des combis, observé-je. Le taux de soufre dans l'air est nettement supérieur à la limite admissible. Je parie qu'il n'est pas franchement humanoïde, votre Anklatur.

— Je l'ignore, avoue Sylma. Ce qu'on m'en a dit était très vague.

— En plus, qu'est-ce que c'est que cette planète ? Dans les archives de l'alliance, elle est classée T.I.M.V. (Totalement Inutilisable. A Mépriser Violemment.) Il n'y a pas de race dominante, pas de villes, pas le moindre signe d'organisation sociale. La température au sol est en moyenne de cinquante degrés en hiver et de quatre-vingts en été. C'est un désert de caillasse ! Et quand je dis « de caillasse », ce n'est pas une figure de style : d'après les prélèvements, le sous-sol ne renferme pas le plus petit filon de minerai intéressant.

— Ça colle tout à fait à ce que je sais d'Anklatur, rétorque ma compagne, comme pour me remonter le moral. On dit que c'est un ermite qui se complaît dans la solitude. Rien d'étonnant à ce qu'il ait choisi un monde qui ne sera jamais colonisé.

— S'il n'aime pas les visites, pourquoi nous recevrait-il ?

— Il fait payer ses services. (Avant que je ne puisse placer un mot, elle ajoute :) Je ne sais pas en quoi.

— En respect et en bons compliments, j'espère, parce que je n'ai pas grand-chose d'autre à lui offrir.

— Mais qu'est-ce que je fais avec un minable, pareil ? ronchonne *Betty*. Mon concepteur me l'avait bien dit !

Comme l'adresse d'Anklatur n'est pas dans le bottin mondain, je descends à une centaine de mètres de la surface et commence à sillonner la planète dans l'espoir de repérer quelque signe de vie. Heureusement que j'ai pensé à faire le plein de tartopum enrichi à Tadell, pendant la réparation, parce que ce n'est pas ici que je pourrais me ravitailler.

C'est pire que je croyais. Non seulement c'est un désert, mais en plus ce n'est *qu'un* désert ! Il n'y a pas d'océans, sans doute pas la moindre trace d'eau. Et donc pas de végétation. Je ne sais pas à quoi ressemblent les habitants de Timéodanaos — parce qu'ils y en a, les banques de données en parlent —, mais une chose est sûre : quand ils sont dans la mouise, ils ne peuvent pas boire pour oublier. Pauvres gens.

Je branche les téléobjectifs afin d'obtenir une vue rapprochée du sol sur les écrans. A moins qu'ils ne soient microscopiques, les indigènes sont d'une discrétion exemplaire. Je ne vois que de la poussière et de la pierre. Des plaines, des montagnes, des collines, des hauts plateaux, des plateaux un rien plus bas, des plateaux nettement plus bas, qui se succèdent inexorablement — mais pas trace de vie.

— Vous êtes sûre qu'on ne vous a pas refilé un tuyau crevé, Sylma?

Elle hausse les épaules.

— Je ne suis sûre de rien. Vous permettez que je jette un coup d'œil à vos archives?

Betty n'ayant besoin de personne pour quadriller un terrain, je programme le pilote automatique et je laisse ma place à ma délicieuse quoiqu'un peu froide passagère. Je n'ai pas besoin de lui expliquer le fonctionnement de l'ordi. Elle pianote sur le clavier comme si elle n'avait fait que ça toute sa vie. Un jour, quand nous nous connaîtrons mieux, il faudra que je m'informe sur son passé. Elle doit avoir des tas de choses à raconter. Comme elle est absorbée par sa lecture, je laisse un peu tomber la sauce à la menthe et je cherche une idée géniale pour augmenter notre intimité sans pour autant me faire laseriser à bout portant. Un truc qui m'a bien servi par le passé me revient en mémoire : je pourrais peut-être lui demander si elle a déjà fait l'amour en apesanteur. Comme ça, mine de rien, dans la conversation... En général, ça...

— Ça m'est déjà arrivé, Gaba, laisse-t-elle tomber, monocorde. Et ça m'a donné le mal de mer. De plus, vous n'êtes pas mon type. Ceci dit, je commence en avoir assez de recevoir des images répugnantes à chaque fois que je capte vos pensées. Alors laissez tomber les toilettes et le gigot, d'accord? A tout prendre, je préfère votre concupiscence infantile.

C'est, me semble-t-il, ce qu'en langage technique on appelle une douche froide. Ou une veste, selon les standards. Bon, j'ai compris : j'abandonne. Ça me contrarie, mais je me domine.

J'essaie de me dominer.

Au moment où je me demande si je ne pourrais pas trouver un minuscule objet à réduire discrètement en un zillion de particules élémentaires à coups de marteau, juste histoire de me passer les nerfs, Sylma attire mon attention sur l'écran de l'ordi.

— Regardez ça! m'enjoint-elle. C'est bien ce que je pensais. Timéodanaos n'a pas toujours été un désert. Elle se réchauffe progressivement : s'il y a encore des habitants, ils ont dû se réfugier près des pôles, là où la température est encore supportable.

Correct. Je n'y aurais pas pensé. Faute de diplomatie — je sais, je sais : je suis aigri — elle a quelque chose dans le citron.

— O.K., opiné-je. Rendez-moi ma place. Je vais…

— Pas la peine. Je vous répète que je sais piloter.

Eh bien, voilà ! Si je ne sers vraiment à rien, il suffit de le dire. J'en profiterai pour hiberner.

— Je ne veux pas être pilotée par cette créature ! intervient *Betty*, fort à propos, pour une fois, je dois le reconnaître. Si elle me touche, je me sabote !

— Nous ne pouvons pas prendre un tel risque ! m'empressé-je de déclarer. Allons, soyez raisonnable.

Sylma s'exécute à regret. Finalement, j'ai peut-être été un peu dur avec *Betty*. Au moins, elle reconnaît mon autorité, et en ce moment, j'ai besoin qu'on flatte un peu mon ego.

Je repasse en commandes manuelles et je remonte à toutes pompes l'hémisphère nord de Timéodanaos pour me rapprocher du pôle. Effectivement, plus ça va, moins le paysage s'excuse[1]. On commence à voir apparaître çà et là quelques cactus maladifs, quelques broussailles rachitiques. Le paroxysme est atteint quand, sous nos yeux ébahis, se déroule une large vallée couverte de hautes herbes jaunes et parsemée de vagues flaques d'eau devant ici tenir lieu de lacs.

1. Expression triclopienne signifiant que le paysage est moins désolé. (Note de l'auteur polyglotte)

Et soudain, je les vois.

Eux.

Les indigènes.

Enfin, disons que j'aperçois une demi-douzaine de gros machins parallélépipédiques brillants qui bougent. Et le mouvement, dans soixante-quinze pour cent des cas, c'est la vie.

Je fais un rapide survol de la vallée, qu'entourent deux chaînes de collines assez basses, histoire de vérifier qu'elle n'abrite rien de plus humanoïde. Apparemment, c'est le cas.

Bon.

Il va falloir aller causer aux parallélépipèdes brillants.

Je perds doucement de l'altitude pour me poser au milieu des hautes herbes. L'effet que produisent les turbines de *Betty* sur les indigènes précités est à peu près le même que celui d'une Jeep sur un troupeau de buffles : ils détalent sans demander leur reste — ni quoi que ce soit d'autre, d'ailleurs.

— Je n'ai jamais entendu parler d'une forme de vie pareille, m'étonné-je. Regardez-les filer ! On dirait qu'ils sont montés sur roulettes.

J'atterris en douceur. Un petit rire étouffé jaillit du haut-parleur.

— Quelque chose qui ne va pas, *Betty* ? interrogé-je, décidé à me montrer plus courtois envers cet astro qui, finalement, ne m'a rien fait.

— Non. C'est les herbes. Ça chatouille.

De mieux en mieux. Elle en est à acquérir des sensations tactiles. Si ça continue, elle va vouloir que je l'embrasse !

— Ça va passer, assuré-je. Tu nous attends un moment, on revient.

Les combis hermétiquement fermées, la Bipecto et moi sautons à terre. Je maîtrise parfaitement ma béquille, maintenant. Je me demande même si je ne suis pas plus agile que quand j'avais mes deux jambes.

Je refoule cette pensée : elle n'est pas saine.

— Il faut s'approcher d'eux sans les effrayer, dis-je, désignant les autochtones les plus proches, à quelques centaines de mètres de nous. Ils ont l'air assez primitifs. J'aurais dû emporter de la verroterie.

— Mettons-nous à contre-vent pour avancer, décide Sylma. Si ça ne fait pas de bien, ça ne peut pas faire de mal.

Tandis que, courbés, nous décrivons un petit arc de cercle pour accomplir cette manœuvre préventive, j'observe avec attention les parrallélépipèdes. Ils semblent avoir totalement oublié ce qui les effrayait tant il y a quelques instants, ne se déplacent plus que très lentement, restent de longs moments immobiles. Pour un peu, on croirait qu'ils broutent.

— J'espère que ce ne sont pas que des animaux, susurré-je. Je ne parle pas la langue. Vous avez une idée pour la prise de contact ?

— Qu'est-ce que vous diriez d'avancer lentement, la main levée, paume ouverte, et de déclarer à haute et intelligible voix : « N'ayez pas peur, nous venons en paix » ?

— C'est une tactique qui a fait ses preuves, approuvé-je. Lequel on prend ?

Elle me désigne un des indigènes, un peu éloigné du groupe — j'ai failli dire « du troupeau ». Nous ne sommes plus qu'à une dizaine de mètres de lui quand nous nous relevons. Il nous regarde approcher sans broncher. Du moins j'imagine qu'il nous regarde, parce qu'il ne possède rien qui, de près ou de loin, ressemble à des yeux.

Haut d'environ un mètre cinquante, large de quatre-vingts centimètres et épais de cinquante, ce n'est rien d'autre qu'une grosse boîte d'apparence métallique, couverte sur sa face avant de ce qui ressemble à de la peinture verte écaillée.

Elle en abrite des choses, cette face avant, d'ailleurs : des fentes, des boutons, un orifice circulaire gros comme ma tête, muni d'une sorte de diaphragme et, merveille des merveilles, un petit écran carré où clignotent de grosses lettres rouges.

— Mais ce sont des machines ! s'exclame Sylma. On dirait des vieilles caisses automatiques d'astroparc !

Autant que ça m'ennuie, je ne peux pas dire le contraire. Mais je n'avais encore jamais rencontré de caisse automatique mobile, qui semble de plus douée d'une volonté propre. Je fais encore quelques pas, lentement, pour ne pas effrayer celui que j'ai désormais peine à appeler « l'indigène ». Il ne bronche pas. Quand j'arrive juste devant lui, je déchiffre enfin l'inscription sur l'écran.

J'AI FAIM !

— Bonjour, dis-je machinalement. N'ayez pas peur, nous venons en paix.

J'EN SUIS RAVI MAIS J'AI FAIM.

L'affichage a changé dès que j'ai eu fini de parler, comme s'il s'agissait d'une véritable réponse. Non, sans rire ? Un crétin a eu l'idée de greffer des cerveaux positroniques sur des caisses automatiques ! Ça ne peut être que Mustgotothe, mais je ne vois vraiment pas pourquoi il a fait une chose pareille. Peut-être est-il réellement dingue, après tout.

— Désolé de vous déranger, poursuis-je, puisqu'il semble que nous ayons trouvé un mode de communication. Nous sommes ici pour trouver un être appelé Anklatur. Sauriez-vous où il demeure ?

J'AI FAIM !

Ça devient une obsession. Qu'est-ce qu'il veut que j'y fasse, moi ? Je ne vais pas lui préparer un biberon.

— Regardez ! intervient Sylma, désignant le diaphragme de l'étrange appareil, qui s'ouvre et se referme en cadence. C'est ça qu'il veut. De l'argent !

Effectivement, ça ressemble bien au trou dans lequel, sur les caisses ordinaires, on introduit sa sphère de crédit.

— Donnez-lui à manger, Gaba, insiste ma compagne. Ensuite, il répondra peut-être à nos questions.

Je tente de ne pas trop songer au ridicule de la situation et je sors le reste de ma première sphère :

on dirait que je lui ai enfin trouvé une utilité. Quand je l'approche de l'orifice prévu à cet effet, l'appareil pensant bondit en avant — c'est-à-dire qu'il se déplace brutalement de vingt centimètres, grâce à ses roulettes —, pour le happer. Le diaphragme se referme en claquant, si vite que j'ai à peine le temps de retirer mes doigts. Un bref bruit de rabotage retentit à l'intérieur de l'indigène et, à nouveau, l'affichage change :

C'EST BON. ENCORE !

— Eh, doucement ! me récrié-je. Je n'ai plus de petite monnaie, moi.

JE NE PRENDRAI QUE CE QU'IL ME FAUT POUR APAISER MA FAIM.

— Allez-y, Gaba, c'est notre seule chance de trouver Anklatur.

Je sors en grommelant une des sphères que m'a données Foot. Cette fois, la caisse est plus polie : elle me laisse lui donner la becquée sans chercher à me bouffer la main. Et le rabotage reprend, plus vif qu'auparavant. Il continue longtemps. On peut même dire qu'il s'éternise. J'imagine ma sphère qui diminue, diminue... Quand le bruit cesse enfin, cette saloperie m'a au moins débité mille crédits.

AAAAH ! ÇA VA MIEUX, nous informe l'écran. MERCI BEAUCOUP, VOUS ÊTES TRÈS CIVIL.

— Savez-vous où réside le sage nommé Anklatur ? demande poliment Sylma, alors que je me remets doucement du choc subi par mes finances.

OUI.

Au bout de quelques secondes, comme rien de plus n'apparaît, je maîtrise mon envie de balancer un coup de pied dans la machine et je précise notre pensée :

— Et pourriez-vous nous le dire, je vous prie ?

IL DEMEURE DANS UNE CAVERNE, AU MILIEU DES COLLINES DE L'EST. VOUS TROUVEREZ FACILEMENT : SON ASTRO EST GARÉ DEVANT L'ENTRÉE.

— Merci du fond du cœur, roucoule ma compagne. Vous nous apportez une aide inappréciable. Nous allons vous laisser, maintenant.

— Dès que vous m'aurez rendu ma sphère de crédit, ajouté-je.

PAR SUITE D'UN COURT-CIRCUIT IMPRÉVU, JE NE RENDS PLUS LA MONNAIE, VOUS M'EN VOYEZ DÉSOLÉ. SI VOUS DÉSIREZ UN REÇU, APPUYEZ SUR LE BOUTON JAUNE.

— Quoi ? Mais c'est du vol manifeste, braillé-je, tandis que Sylma m'empoigne par un bras pour me retenir. Si je trouve le type qui vous a fourni un cerveau, je...

NOUS NE POSSÉDONS PAS DE CERVEAU. NOTRE ÂME A ÉTÉ CRÉÉE PAR LA PUISSANCE DE L'AMOUR DE NOTRE CONSTRUCTEUR, QUI REFUSAIT À CE POINT D'AFFRONTER LA RÉALITÉ — ET NOTAMMENT LES FEMMES — QU'IL A REPORTÉ SON AFFECTION SUR...

— Allons, venez ! Laissons-le ! m'encourage la

Bipecto, apaisante. Après tout, nous avons obtenu ce que nous voulions.

— Evidemment ! Vous, vous vous en foutez : c'est moi qui paie.

Elle a un soupir désespéré.

— Comment pouvez-vous être à ce point attaché aux choses matérielles ? se lamente-t-elle.

— Ça demande un gros effort de volonté, mais j'y arrive assez bien, tranché-je, avant de me dégager de son étreinte pour m'approcher à nouveau de l'indigène voleur.

— Qu'est-ce que vous allez faire ? s'inquiète Sylma, derrière moi.

— Je vais demander un reçu, rétorqué-je. Je viens de me rappeler que mon employeur a promis de payer mes frais.

*
**

Au moins, la caisse automatique n'a pas menti. Il ne nous faut que cinq minutes de survol des collines pour repérer la caverne dont elle nous a parlé. Devant celle-ci, un petit astroparc à deux places a été aménagé. Il est pour l'heure à moitié vide, ce qui fait parfaitement mon affaire. Je gare *Betty* à l'emplacement marqué « Visiteurs », près d'un appareil qui, sans remonter à la préhistoire, n'est tout de même pas de première jeunesse. Je m'en réjouis : ça tendrait à prouver qu'Anklatur n'est pas riche et, donc, qu'il ne fait pas payer ses services trop cher.

Sylma et moi avons à peine le temps de descendre de notre véhicule qu'une haute silhouette apparaît déjà à l'entrée de la grotte.

— Qui ose interrompre ma méditation? interroge-t-elle d'une voix puissante, qui inspirerait le respect à toute personne respectueuse.

— Est-ce vous que l'on nomme Anklatur? questionné-je en réponse, si je puis m'exprimer ainsi.

— C'est moi! tonitrue l'arrivant qui s'avance maintenant en pleine lumière.

C'est une sorte d'obélisque de chair verdâtre, montée sur une dizaine de petits pseudopodes qui se tortillent comme des asticots et surmonté d'un unique œil pédonculé. Quatre tentacules s'attachent à la moitié supérieure du corps, au niveau de la bouche informe, un autre à la moitié inférieure. Anklatur ne porte pas de combi. Rien d'étonnant : c'est un Tuvavouâr de Kelboy-Jmeshauff, une planète dont l'atmosphère est dominée par le soufre. Ici, il doit même avoir le souffle un peu court.

— Nous venons en paix, noble sage, s'immisce Sylma. Nous avons parcouru des années-lumière pour venir solliciter une partie de votre savoir.

— Nombreux sont ceux qui sont venus me consulter, entonne Anklatur en agitant ses tentacules supérieurs. Aucun n'est jamais reparti tel qu'il était arrivé.

— Qu'est-ce que ça veut dire? m'informé-je.

— Rien, mais en général, ça inspire le respect.

— Nous avons le plus grand respect pour vous..., commence Sylma.

— Un respect phénoménal ! approuvé-je.

— ...Et c'est pourquoi nous pensons que vous seul êtes à même de nous aider.

L'œil de l'être oscille de droite et de gauche, tel le balancier d'une vieille horloge.

— Posez votre question, nous encourage-t-il. Je fixerai mon prix en fonction de la réponse que je pourrai vous apporter.

J'aimerais m'enquérir un peu plus avant de ses tarifs mais ma compagne ne m'en laisse pas le temps.

— Nous cherchons le cimetière des astronefs, déclare-t-elle simplement.

— Stargrave..., murmure le sage, tandis que son corps tétraédrique exécute des mouvements qui doivent correspondre grosso modo à un hochement de tête pensif. Nombreux sont ceux qui sont partis à sa recherche avant vous. Aucun n'a jamais réussi...

Ce type a des tics de langage monstrueux. C'est peut-être la profession qui veut ça.

— Stargrave est la planète la plus mystérieuse de l'Univers tout entier, reprend-il, ce qui nous avance peu. Néanmoins, je puis répondre à votre question. Nombreux sont ceux qui aimeraient en être capables. Aucun ne...

— Et ça va nous coûter combien, sauf votre respect ? interviens-je, brisant son élan.

Il me jette un regard que je suppose irrité et quelque peu condescendant.

— Je ne demande jamais d'argent, gamin ! Seule la connaissance m'intéresse...

La liste des choses que je déteste est assez longue, mais être appelé « gamin » y figure en bonne place. L'envie me taraude de balancer un grand coup de poing dans cet amas snobinard et laid. Seule la conscience de ma mission m'en empêche. Ça, et aussi le fait que j'ignore s'il n'est pas capable de me casser en deux en sifflotant *A la claire fontaine*.

– La connaissance ? grincé-je entre mes dents. Qu'est-ce qu'on pourrait bien vous apprendre que vous ne sachiez déjà ?

Son tentacule inférieur se dresse soudain et vire au bleu électrique, tout en pointant vers Sylma. Une lueur gourmande envahit son œil.

– Je n'ai jamais couché avec une Bipecto, lâche-t-il. Cette expérience sera le prix de mes services.

Quoi ? Ah, le vieux vicieux ! On a beau être sage, ermite et aussi agréable à regarder qu'une tranche de salami moisie au fond d'un bidet, on n'en est pas moins homme, à ce que je vois. J'étudie le visage de ma compagne : elle est impassible, sans doute trop choquée pour seulement exprimer son dégoût. Elle doit avoir compris, elle aussi, que notre démarche se solde par un échec. A moins que, d'une manière ou d'une autre, nous ne puissions faire revenir Anklatur sur sa décision...

– Nous ne pouvons vous donner ce que vous exigez, commencé-je. Mais en revanche...

– J'accepte ! dit sèchement Sylma, ce qui me fait sursauter au point que mon œil central jaillit de mon orbite et va percuter la visière de ma combi.

— Hein ? C'est une blague ? Vous ne pouvez pas être sérieuse.

Mais elle est comme hypnotisée, le regard rivé au tentacule érigé du sage, qui s'est mis à palpiter.

— Je suis on ne peut plus sérieuse, assure-t-elle. La connaissance m'intéresse, moi aussi...

— Venez, ma chère, l'invite Anklatur en pivotant sur ses pseudopodes. Nous serons plus à l'aise dans mon bureau. Votre ami peut nous attendre ici.

Comme elle s'apprête à le suivre dans la caverne, je l'attrape par le bras.

— Je vous interdis de faire ça, Sylma. C'est... c'est répugnant !

— Vous n'avez rien à m'interdire, mon cher, riposte-t-elle froidement en se dégageant. Et ça n'a rien de répugnant : c'est une expérience scientifique.

— Nombreuses sont celles qui ont voulu la tenter, approuve le tas libidineux. Aucune n'a jamais été déçue.

Ils disparaissent ensemble dans les profondeurs obscures. Je reste seul, les bras ballants, estomaqué.

Jaloux.

Alors, comme ça, moi, je ne suis pas son type, mais ce machin hideux si ! Décidément, je ne comprendrai jamais rien aux femmes ![1] Qu'est-ce que j'aurais dû avoir, pour lui plaire ? Un tentacule

1. Cette fine remarque m'a été obligeamment prêtée par deux millénaires de civilisation patriarcale. (Note de l'auteur qui aime à citer ses sources).

à la place du nez ? Non, c'est sans doute trop commun. Mademoiselle aime les sensations fortes, mademoiselle ne prend son pied qu'avec des immondices gluantes — et prétentieuses, par-dessus le marché. Comment peut-on avoir d'aussi jolis seins et des goûts aussi atroces ?

Des gémissements d'abandon écœurants commencent à s'échapper de la caverne. Poussant un juron tellement grossier que je n'ose le reproduire ici, je vais m'enfermer dans mon astro pour attendre que ces messieurs-dames en aient terminé.

— Tu avais raison, *Betty*, dis-je. C'est une blondasse !

— Ne pleure pas, mon chou : moi, je t'aime.

Elle ne peut pas savoir à quel point ça me console...

***

Ça dure pas loin d'une heure. Nous n'avons même pas eu la chance de tomber sur un éjaculateur précoce. Je ressors de *Betty* — en tout bien tout honneur, moi —, lorsque je vois les deux amants romantiques arriver à la lumière.

Sylma a l'air épuisée mais pas mécontente. Quant à Anklatur, il est égal à lui-même. Son tentacule inférieur a retrouvé sa flaccidité d'origine et sa jolie couleur verte.

— Alors, c'était bien ? interrogé-je goujatement.

La Bipecto ne se donne pas même la peine de me répondre. Le sage, lui, n'a pas de tels scrupules. Peut-être n'est-il pas sensible au second degré.

— C'était super, gamin. Tu veux essayer ?

Je vais pour lui répondre vertement que Sylma s'intéresse à peu près autant à moi qu'à une chaussette trouée, mais je m'interromps juste à temps — quand je comprends le véritable sens de sa question. Un frisson me parcours l'épine dorsale.

— Désolé, j'ai peur de ne pas avoir le temps, réponds-je, décidé à quitter les lieux au plus vite. Nous avons rempli notre part du marché : à vous de remplir la vôtre.

Ses quatres tentacules supérieurs ondulent autour de lui, dessinant de superbes courbes sinusoïdales.

— C'est exact, approuve-t-il. Nombreux sont ceux qui prétendent savoir où se trouve le cimetière des astronefs. Aucun ne le sait réellement. Pas même moi.

Je vais le bouffer ! Sylma me retient au moment où je m'apprête à me jeter sur ce sage de mes fesses, tel un taureau furieux sur une muleta écarlate, pour lui faire sa fête. Là, pourtant, elle aussi semble contrariée.

— Je ne conteste pas que nous ayons passé un moment agréable, Anklatur, dit-elle froidement, mais s'il ne s'agit pas d'une plaisanterie, je crois que je vais me sentir des points communs avec la veuve noire.

Le Tuvavouâr continue d'agiter ses tentacules comme de gros asticots verdâtres. Comment a-t-elle pu supporter ça sur sa peau ? Ou alors, c'est moi qui fais de l'anthropomorphisme primaire, mais je n'y peux rien : ayant reçu une éducation religieuse stricte, je suis incapable d'éprouver le moindre désir pour toute créature qui ne présente pas au moins vingt-cinq à trente pour cent de caractères humanoïdes.

— Ce n'est pas une plaisanterie, insiste le sage. J'ignore totalement où se trouve Stargrave. Si je l'avais su, j'aurais exigé la nuit entière, et avec vous deux.

Merci, mon Dieu, de ces petites faveurs qui rendent l'existence plus supportable...

— En revanche, continue-t-il très vite, lorsqu'il voit deux pistolasers quitter qui sa poche, qui son holster, je peux vous donner le moyen de vous y rendre.

— Accouche !

Ce n'est pas moi qui ai parlé, c'est Sylma. Je lui jette un coup d'œil de côté — ce qui me vaut un nouvel impact avec la visière de ma combi. Son regard est devenu dur. Moi, si j'étais Anklatur, en voyant ce regard-là, je parlerais. J'ai l'impression que ma belle compagne n'accorde qu'une importance toute relative à la vie d'une créature intelligente.

— C'est simple ! se hâte de préciser le sage. Il suffit de suivre en hyperespace un vaisseau mortellement blessé.

C'est vrai : c'est simple, je me demande même comment nous n'y avons pas pensé plus tôt.

— Et comment tu veux suivre quelqu'un en hyperespace, eh, corniaud ? braillé-je, outré. On ne *peut pas* suivre les gens en hyperespace. C'est même à ça que ça sert, l'hyperespace!

— Il y a un moyen, s'entête Anklatur. Nombreux sont ceux qui ont travaillé sur ce problème...

— Quel moyen? coupe Sylma en agitant son arme.

L'œil du sage fait un demi-tour sur lui même puis revient en place.

— J'ai répondu à votre question, dit-il. Nous sommes quittes.

— Tu parles ou je tire? demande calmement la Bipecto.

— Tu peux tirer si tu le désires, répond non moins calmement Anklatur. Je préfère mourir que déroger à mes principes.

Je saisis le poignet de ma compagne au moment où je sens qu'elle va appuyer sur la détente.

— Arrêtez! Vous dites vous-même que ce type est célèbre. Si vous le tuez, l'Interg fera une enquête. Vous avez laissé vos empreintes un peu partout dans la caverne et on ne mettra pas longtemps à remonter jusqu'à vous. Je me tape complètement de ce qui peut vous arriver, mais je n'ai pas envie d'être mêlé à une affaire de meurtre.

Elle semble hésiter une demi-seconde puis se détend.

— Vous avez raison, admet-elle en rangeant son arme. Mais j'ai tout de même le sentiment de m'être fait arnaquer... Partons d'ici!

— C'est la sagesse qui s'est exprimée par ta bouche, gamin, m'approuve Anklatur au moment où je m'apprête à suivre Sylma vers *Betty*.

Je me fige. Quand on m'appelle « gamin », je n'y peux rien, ça me balance dans tout le corps les stimuli qui servent à ouvrir la boîte à gifles. Je me retourne, la bave aux lèvres, prêt à lui voler dans les plumes pour de bon, cette fois, quand une idée soudaine me frappe, m'assommant à moitié.

— Dites donc, fais-je, ma colère un rien douchée. Combien ça me coûterait de vous demander comment mon astro fait pour tenir une conversation sans cerveau positronique ?

Un grand rire s'échappe de l'obélisque glauque, dont les tentacules, y compris celui du bas, s'agitent sur un rythme de bossa-nova.

— Celle-là, je te la fais en bonus, gamin ! s'exclame le sage dès qu'il a assez retrouvé son sérieux pour parler. Soit tu es complètement dingue, soit tu ferais bien de jeter un œil sous ton tableau de bord.

— Alors, Gaba, vous venez ? s'impatiente ma compagne, déjà installée dans *Betty*. Je suis en train de me faire insulter par votre boîte de conserve mongoloïde, moi !

Je la rejoins sans saluer Anklatur mais sans lui démolir le portrait non plus. Là, je crois qu'il m'a donné un conseil valable.

Je ne suis *pas* complètement dingue !

CHAPITRE VII

— Nous ne sommes pas plus avancés qu'avant, constate Sylma tandis que je décolle. Si je retrouve le type qui m'a parlé de ce prétendu sage, il va m'entendre.

Je ne peux m'empêcher de me réjouir de sa déconvenue. C'est mesquin, je sais, mais tellement agréable.

— Il n'est peut-être pas si nul qu'il en a l'air, votre sage, objecté-je, branchant le pilote automatique en vol stationnaire dès que nous avons atteint une altitude raisonnable. D'ailleurs, on ne vas pas tarder à le savoir.

— Qu'est-ce que vous faites ? s'étonne ma passagère quand elle me voit fouiller dans la caisse à outils que je viens de tirer de sous mon siège.

Je m'empare d'un gros tournevis cruciforme.

Avec un peu de chance, je nous débarrasse d'une bête contrariété, conjecturé-je en m'attaquant sans plus attendre à la première vis.

— Vous êtes malade ? Vous voulez démonter l'astro qui nous trimballe ?

— Seulement le tableau de bord, la rassuré-je. N'ayez aucune crainte : ça ne débranchera rien du tout.

Un petit cri apeuré s'échappe du haut-parleur de l'ordi.

— Hein ? Quoi ? Démonter le tableau de bord ? Tu n'es pas sérieux, Gaba chéri ? Songe à ma pudeur ! Je ne montre pas mes circuits internes à n'importe qui.

Une deuxième vis choit au creux de ma main, puis une troisième.

— Arrête, mon chou, je t'en conjure ! Ne commets pas l'irréparable. Si tu continues, je ne te parlerai plus jamais.

— Rien ne saurait me faire plus plaisir, ma chère *Betty*.

— Ingrat ! Après tout ce que j'ai fait pour toi ! Je te préviens, je vais me saboter. Nous allons nous écraser, toi, moi et ta blondasse.

— C'est ça, c'est ça : sabote-toi ! dis-je en souriant, comme la dernière vis quitte son logement. Donnez-moi un coup de main, Sylma !

Aidé par la Bipecto, j'empoigne la plaque métallique où s'insèrent les instruments de vol et je la soulève. Elle se déboîte avec un grincement d'engrenages mal huilés. *Betty* ne proteste plus : elle a compris que la comédie était finie.

Une fois le tableau déposé derrière les sièges, j'attaque une exploration systématique des rouages électroniques de l'astro et je ne tarde pas à découvrir ce que je cherche.

Je ne suis qu'à demi surpris. Le conseil d'Anklatur a révélé en moi le soupçon qui y couvait déjà depuis un moment. Foot n'avait aucune raison de trafiquer *Betty* et je n'ai jamais cru à ma folie : il ne restait donc qu'une seule hypothèse.

Le Néo-Léprechaun est recroquevillé entre le tube cathodique de l'ordi et le minuscule micro qu'il a réussi à brancher sur le haut-parleur. Malgré son sourire, le même que celui qu'il arborait quand je l'ai surpris à pirater mon cocktail de fruits, dans le *Sein des Seins*, il tremble comme une feuille.

— Ah, ah, ah ! caquette-t-il, peu convainquant. Amusant, non ? Qu'est-ce qu'on rigole avec moi, hein ?

Je le saisis par la peau du cou, entre le pouce et l'index, façon petit rongeur.

— Et si je te balançais à l'extérieur, petit con, qu'est-ce que tu dirais ?

— Quelque chose comme « Aaaargh ! », je suppose, rétorque-t-il avec un sens de l'humour louable, compte tenu de sa situation. Ecoute, Gaba : nous n'avons pas besoin d'en arriver à de telles extrémités. Quand tu m'as fait expulser du bar, ça m'a énervé et j'ai eu envie de t'énerver aussi. J'ai réussi, soit ! Mais personne n'a été blessé. Alors tu me déposes sur la première planète venue et on en reste là, O.K. ?

J'hésite. D'une certaine manière, il a raison : je ne peux pas le tuer pour ce qu'il m'a fait. D'une part, ce serait injuste, d'autre part, je n'ai jamais tué personne de sang-froid et je ne tiens pas à commencer aujourd'hui. Mais j'ai quand même salement envie de le punir de sa blague stupide.

Sylma interrompt mes réflexions avec sa diplomatie habituelle :

— Qu'est-ce que c'est que cette horreur, Gaba ?

— Vous n'avez jamais vu de Néo-Léprechaun ?

Je tourne l'individu vers elle pour qu'elle puisse mieux l'admirer. Elle en reste bouche bée.

— Mais c'est un homme en miniature ! s'exclame-t-elle. C'est... c'est parfaitement obscène. J'avais entendu parler d'eux mais je les imaginais plus mignons. Comment dire ? Moins... moins...

— Moins humanoïdes ? glissé-je perversement.

Mon petit ennemi intime, lui, pousse un sifflement admiratif en découvrant Sylma.

— Ouah ! Qu'est-ce qu'elle est choucarde, dis donc ! Tu me déposes sur une surface plane, que je présente mes hommages ?

L'expression dégoûtée de ma compagne est un régal. J'acquiesce à la requête du minus en chef. Il s'incline profondément devant Sylma puis exécute un superbe saut périlleux avant, qu'il achève à genoux, par une glissade spectaculaire.

— Belle dame, mon nom est Robert, pour vous servir ! déclame-t-il, le regard brillant. Veuillez pardonner toutes les horreurs que je vous ai débitées lorsque je faisais semblant d'être l'âme de l'astro, c'était uniquement dans le but d'agacer Gaba. Croyez que si j'avais auparavant posé les yeux sur votre aimable personne, je n'en eusse point articulé le début du commencement d'une, comme dit un classique de chez moi. (Il plisse les lèvres et émet de petits bruits mouillés.) Bisou ?

La Bipecto pose sur moi un regard furibond.

— Gaba, vous allez me jeter cette chose par-dessus bord immédiatement, sinon je vous jure que je vous laserise tous les deux.

Joignant le geste à la parole, elle porte la main à son arme. A peine l'a-t-elle tirée que, telle celle d'un caméléon, la langue rose du Néo-Léprechaun se détend et va s'enrouler autour du pistolaser, l'arrache à sa propriétaire légitime puis, trop flexible pour le retenir, le laisse tomber au sol. Sylma bondit aussitôt pour s'en ressaisir mais je suis plus rapide qu'elle. Je...

Correction : je suis aussi rapide qu'elle. *Très exactement* aussi rapide qu'elle. Nos têtes se heurtent telles deux boules de billard. Il y a un bruit creux. Une constellation tout entière explose à l'intérieur de mon crâne. Un voile noir s'abat devant mes trois yeux.

Ensuite, je ne sais pas trop.

Je crois que je m'évanouis.

*
**

Je me réveille avec un troupeau d'éléphants sauvages dans la nuque et un autre au niveau du lobe frontal gauche. Depuis ma toute première cuite, je crois que je n'avais encore jamais eu aussi mal à la tête. Je veux y porter les mains, ce geste automatique et stupide qui ne soulage en rien mais auquel n'échappent que les êtres dépourvus de mains : je n'y parviens pas. Mes deux bras sont repliés derrière mon dos et je ne peux pas les bouger. Enfer et damnation ! Il va falloir que j'ouvre les yeux plut tôt que prévu.

La lumière m'agresse avec fureur, m'enfonce des fers rouges jusqu'aux tréfonds du cerveau. L'univers effectue deux ou trois rotations ultra-rapides avant de se stabiliser à peu près.

Je suis allongé sur le plancher, non loin de la trappe qui mène à la soute, les poings liés par un large et solide ruban adhésif. A quelques pas de moi, Sylma a subi le même sort. A deux petites exceptions près. La première c'est qu'à elle, on a aussi attaché les jambes. La deuxième c'est que sa combi a été déchirée, cisaillée, arrachée, et qu'elle ne lui couvre plus que les avant-bras et les mollets. Pour le reste, elle est totalement nue. Le spectacle n'est pas désagréable en lui-même mais laisse présager des complications dont je me serais passé.

— Robert, espèce de petit salaud, bredouillé-je. Tu l'as violée, c'est ça ?

Le Néo-Léprechaun est tranquillement assis en tailleur entre les seins dénudés de ma compagne — ceux de sa face avant —, encore inconsciente. Il a éventré un de mes cigares et s'en est habilement roulé un à sa taille, qu'il tète avec délices.

— Je n'ai fait qu'accomplir un devoir civique, mon ami, affirme-t-il, adoptant le ton condescendant et innocent du politicien véreux sommé de s'expliquer sur ses agissements. Tous ceux de ma race ont fait vœu de se reproduire le plus souvent possible. De plus, je peux t'assurer qu'elle n'a rien senti et que, vu la taille du bébé, elle ne souffrira pas plus au moment de l'accouchement.

— Tu risques d'en être pour tes frais, mon coco, ricané-je. A mon avis, elle prend la pilule.

Il tapote négligemment son cigare. La cendre tombe sur le ventre de Sylma et va se nicher dans le creux émouvant de son nombril.

— Déplorable mentalité, déclare Robert, badin. Terrible relâchement des mœurs. Mais qu'à cela ne tienne : j'aurai essayé, je suis en paix avec ma conscience. En attendant, il nous reste un petit problème à régler, mon cher Gaba. Comme je le disais précédemment, je ne te veux aucun mal et je ne demande qu'à être déposé sur un monde quelconque, de préférence un qui abrite des femelles humanoïdes. Si tu promets de ne pas chercher à attenter à mon intégrité physique, je te libère.

— C'est promis, dis-je aussitôt, fidèle à mes principes.

— Il va sans dire que j'ai caché vos deux armes dans un endroit sûr et que je ne vous dirai où elles sont que lorsque je serai en sécurité.

J'acquiesce — ce qui, dans mon état, fait un mal de chien. C'est de bonne guerre.

— Et elle ?

— Elle, je crois que je ne peux pas la détacher si je veux avoir un espoir raisonnable de rester en vie. Je vais la laisser comme ça un moment : l'astro est assez chauffé pour qu'elle ne prenne pas froid.

J'observe Sylma avec une compassion mêlée de sentiments un rien plus inavouables. Après tout, c'est sa faute : si elle n'avait pas eu aussi mauvais caractère, nous n'en serions pas là.

— Si tu veux le jouer comme ça, je ne peux pas t'en empêcher, capitulé-je enfin. Mais en ce cas, tu devrais aussi la bâillonner. Sinon, quand elle se réveillera, on n'a pas fini de l'entendre.

— Je retiens le...

Il est interrompu par un choc monumental qui ébranle *Betty* comme si nous venions de heurter un astéroïde de plein fouet. Il y a un bruit de métal froissé qui ne me dit rien qui vaille. Totalement pris au dépourvu, Robert est projeté cul par-dessus tête et se retrouve lui aussi allongé sur le plancher.

— Qu'est-ce qui se passe? claironne-t-il d'une voix suraiguë rappelant la tonalité des sirènes de l'Interg.

— Je ne sais pas. Détache-moi, vite! Il faut que je reprenne les commandes.

Il s'empresse de me libérer les poignets, à l'aide d'une lame de rasoir qu'il a volée dans ma trousse de toilette. L'un dans l'autre, ça lui prend une bonne demi-minute. Pendant ce temps-là, *Betty* a eu des réactions bizarres : elle a changé de cap brutalement et s'est mise à accélérer. Bon Dieu! J'espère que le choc n'a pas complètement bousillé les instruments. Dès que je suis libre, je récupère ma béquille et je vais réintégrer ma place. A ce moment-là, la radio commence à grésiller mais ce que je découvre alors m'empêche d'y prêter attention.

Pas étonnant que nos ayons accéléré : nous sommes tractés par un autre astro, à l'aide d'un long filin dont la tête magnétique s'est fixée à la coque de *Betty*. L'astro en question, il ne me faut pas bien longtemps pour le reconnaître. C'est celui de cet enfoiré de Slex-ik. Comment a-t-il fait pour me retrouver aussi vite, celui-là ? Et à quoi joue-t-il ?

La radio grésille toujours. Finalement, le meilleur moyen d'avoir les réponses à mes questions, c'est encore de les lui poser. Je coiffe les écouteurs.

— Oui, allô ?

— Salut, Gaba, raille la voix métallique de mon vieil antagoniste. Tu ne t'attendais pas à ce que je te colle aux fesses à ce point-là, hein ?

Je ne peux pas décemment le contredire.

— Figure-toi que j'avais prévu ta petite manœuvre de tout à l'heure, continue-t-il, triomphant. Mon astro est équipé d'un renifleur d'hyper X-4. Ça m'a coûté la peau des pseudopodes mais je ne le regrette pas.

— Un renifleur d'hyper ?

Le rire du souteneur me vrille sauvagement les tympans.

— C'est le tout dernier gadget sorti des usines Mustgotothe, mon pote. Il analyse les particules en suspension dans l'espace après un saut en hyper et il en déduit les coordonnées du point d'arrivée. Ça te la coupe, hein ?

Il peut le dire. Un truc pareil, je ne savais même pas que ça existait.[1]

Je rebranche la cuve à glamoune. Même s'il peut me suivre, son renifleur ne fonctionne pas instantanément : ça me donnera toujours le temps de me retourner.

— Et je peux savoir où tu m'emmènes, comme ça ? demandé-je pour gagner du temps.

— Bételgeuse, entends-je. Chez moi. Tu vas être jugé, Gaba. Moi et mes amis, nous allons te faire un procès en bonne et due forme, juste histoire de nous amuser un peu. Mais si tu veux, je peux déjà te communiquer le verdict. Ça met en jeu une grenade.

— Bételgeuse ? Mais c'est à des millions d'années-lumière d'ici. On va être obligé de passer par l'hyperespace. Comment tu comptes me forcer à te suivre, eh, andouille ?

Du coin de l'œil, je surveille la lumière qui doit s'allumer dès que la cuve à glamoune sera chaude. Mon doigt s'approche déjà du bouton de mise à feu.

— Simple, mon petit Gaba, dit Slex-ik[2]. Le câble qui te tracte n'est pas aussi innocent qu'il en a l'air. Il relie nos deux cuves à glamoune par un faisceau d'ondes B12. Si l'un d'entre nous passe en hyper, l'autre le suit automatiquement. La seule différence, c'est que si c'est toi qui cherche à me fausser compagnie, je te démolis aussitôt avec mon canon arrière.

1. Moi-même, je viens de l'apprendre. (Note de l'auteur qui, par crainte d'être accusé de lâcheté, ne recule jamais devant la facilité.)
2. On ne s'en lasse pas. (Note de l'auteur taquin.)

Une lueur rougeoyante au niveau de la queue de son astro m'apprend qu'il ne plaisante pas. Ce coup-ci, j'ai l'impression que je suis mal barré.

— J'aurais peut-être mieux fait de rester sur Givrée, finalement, constate Robert, non loin de moi.

— Accroche-toi, Gaba, me prévient Slex-ik. On y va !

Ta tatalata ta ! Tatalataaaa taaa !

Je n'ai pas bougé. Je n'ai pas appuyé sur le bouton. La cuve de *Betty* n'était même théoriquement pas assez chaude pour passer en hyper. Pourtant, nous sautons.

J'en suis tellement surpris que je me ramasse l'explosion de lumière en pleine poire et que, cette fois, je suis aveugle des trois yeux. Quelques soubresauts et quatre ou cinq hoquets douloureux plus tard, l'astro se stabilise. Je n'ai pas besoin d'y voir pour comprendre que nous sommes arrivés dans les environs de Bételgeuse.

Bon Dieu ! Il faut absolument que je fasse quelque chose, sinon je vais vraiment y avoir droit, à cette grenade.

Mais avec mon mal de tête qui ne fait qu'empirer, du diable si j'ai la moindre idée de ce que je peux faire !

— Gaba, espèce de crétin, détachez-moi immédiatement !

La voix de Sylma. Le saut doit l'avoir réveillée. Un réveil pareil, je ne le souhaiterais pas à mon pire ennemi.

Quoique si, finalement.

— Détachez-moi, bordel ! se démène la Bipecto. Il faut profiter de cette chance !

— De cette *quoi ?* Vous avez claqué un fusible ?

— Je n'ai rien claqué du tout, abruti congénital ! Anklatur avait raison : le voilà, le moyen d'atteindre le cimetière !

Je cligne des paupières à plusieurs reprises, dans l'espoir de récupérer l'usage de mes yeux. Ma tête m'a l'air prête à exploser.

— Qu'est-ce que vous baragouinez, Sylma ? je ne…

— L'astro de Slex-ik ! Je connais ce modèle : il est équipé d'un cerveau positronique. Qu'est-ce que vous attendez pour le descendre ?

Ben, voilà ! Il suffit de m'expliquer !

D'accord, si on réussit à blesser mortellement le véhicule qui nous tracte, il va nous emmener tout droit sur Stargrave. En visant bien et en le prenant par surprise, je devrais pouvoir y arriver. Seulement pour bien viser, et même pour viser tout court, il faudrait que j'y vois quelque chose. A moins que…

— Vous savez tirer, Sylma ?

— Evidemment !

— Robert ! Ta lame de rasoir, vite !

Le Néo-Léprechaun doit avoir compris que nous étions désormais dans la même galère : il me dépose l'ustensile dans la main d'un coup de langue ultra-rapide. A tâtons, je quitte mon fauteuil et je me dirige vers l'endroit où j'ai vu la Bipecto pour la dernière fois.

— Un peu plus à droite, me guide-t-elle. Là! Baissez-vous, maintenant!

J'obtempère. Mes mains tendues entrent en contact avec une peau que je ne puis m'empêcher de qualifier de satinée. A priori, ce sont des seins : il faut dire qu'avec Sylma, les probabilités étaient en ma faveur.

— Vous croyez que c'est le moment? m'apostrophe-t-elle sèchement. Coupez mes liens, vite!

Je laisse mes mains descendre le long de son corps jusqu'à ses chevilles entravées, me faisant violence pour ne pas m'attarder en chemin. Mais j'ai quand même assez de bon sens pour faire passer ma survie avant ma libido. Quelques secondes plus tard, Sylma est libre. Elle me bouscule sans complexes pour se précipiter au poste de pilotage.

— Faite gaffe! l'avertis-je. Il a un canonlaser braqué sur nous.

— Je ne suis pas une débutante! crache-t-elle, méprisante. Venez ici, je vais avoir besoin de vous.

Je m'exécute sans rechigner. Pour l'instant, elle a la situation en main.

Le voile qui me recouvre les yeux commence à s'éclaircir. Je distingue en ombres chinoises ma compagne qui s'active sur les commandes des mitrailleuses et Robert qui se fait oublier dans un coin.

— J'en braque une sur son canon et l'autre sur les moteurs, m'informe Sylma. Puissance maximale. Si ça ne marche pas, nous pourrons nous dire adieu. C'est d'ailleurs ma seule consolation. Prenez le levier de vitesse. Quand je vous le dirai, passez la marche arrière. Même si nous sommes moins puissants que lui, ça devrait le secouer assez pour me permettre de lui tirer dessus avant qu'il ait le temps de réagir.

— Mais on risque de péter la boîte de...

— Sinon, on risque de péter tout court! Surtout vous!

Ça, c'est imparable. Je ne dis plus rien. J'obéis.

— Maintenant! ordonne sylma quelques secondes plus tard, quand elle a fini de régler les mitrailleuses.

Je tire le levier de vitesse vers moi, tout en accélérant à fond. Le filin qui nous relie à l'astro de Slex-ik se tend brutalement. Des bruits de chutes et des jurons grossiers en huit langages différents s'échappent de la radio. Première partie du travail accomplie avec succès.

Une fraction de microseconde plus tard, Sylma déclenche le tir des mitrailleuses. Elle a ouvert les focales au maximum. Les deux rayons qui s'échappent sont larges comme ma main et d'une extraordinaire brièveté. Cet unique coup a épuisé la puissance du générateur. Mais de toute façon, nous n'aurions pas eu le temps d'en tirer un deuxième.

Même si j'étais encore totalement aveugle, je crois que je verrais comme en technicolor les deux explosions simultanées qui agitent notre tracteur. Sa queue vole littéralement en éclats, ce qui nous dispense de nous inquiéter davantage du canon. Le deuxième rayon, superbement guidé, je dois le reconnaître, frappe l'astro à l'avant, légèrement de côté.

Le résultat ne se fait pas attendre.

Tel un fer à repasser primitif, le véhicule de l'ami Slex-ik pique du nez et part en chute libre.

— Yahou ! s'exclame Sylma en battant des mains et en sautillant sur place, ce qui fait tressauter ses quatre seins en cadence — ce qui serait extrêmement excitant si nous n'étions pas projetés au même instant contre le pare-brise, entraînés par le poids de l'autre appareil.

— Et maintenant, qu'est-ce qu'on fait ? hurlé-je, d'une voix qui renferme, je le crains, un brin d'angoisse contenue.

— Continuez à accélérer, nom de Dieu ! C'est seulement sa masse qui nous entraîne, maintenant. Même votre tas de ferraille devrait être capable de nous retenir.

A moitié coincé au sein des commandes mises à nu, le nez pressé contre le pare-brise par une force colossale peu ou prou assimilable à la gravitation, je tends une main désespérée vers la manette des gaz.

Elle est hors de ma portée.

Oh, pas de beaucoup. D'un demi-centimètre, à peu près. Mais nom de Dieu, je suis incapable de remuer le petit doigt !

Au moment où je me dis que nous allons nous écrabouiller au sol façon œuf d'autruche, une langue préhensile s'enroule autour de la manette et la pousse à fond. Un sourd rugissement jaillit des entrailles de *Betty*. Heureusement que nous sommes toujours en marche arrière.

Au début, il ne se passe rien. Rien de notable, en tout cas, sinon que les rivets de mon vieil astro se mettent à vibrer comme s'ils se préparaient à déclencher une grève tout aussi surprise que collective. Et puis doucement, progressivement, notre chute se ralentit.

— Bien joué, Robert, dis-je quand j'arrive enfin à bouger. Je vais reprendre le manche, maintenant.

Vœu pieux !

Sans crier gare, ni même astroport, le cerveau positronique de l'autre vaisseau fait son office. La lumière explose à nouveau autour de nous, je repars pour une virée dans la nuit totale et ma migraine s'empare de mon deuxième lobe frontal.

Hojoto ho ! Hojoto ho ! Heiahaaa !

Heiahaaa !

Si je me sors de cette histoire, je vais prendre de longues, de très longues vacances.

— Sylma ? Robert ? Vous y voyez quelque chose ?

— Evidemment ! répond la Bipecto, vexante. Nous sommes au-dessus de Stargrave, comme prévu. Mais j'ai autre chose à faire que de vous décrire le paysage.

Je l'entends qui s'affaire aux commandes de *Betty*, ce qui n'est pas une mince affaire : étant toujours en train de plonger vers le sol — quoique moins vite que tout à l'heure —, nous sommes vautrés dessus. De plus, privées de la plaque qui les maintenait, elles se balancent anarchiquement au bout de leurs axes, lesquels menacent de se rompre au moindre mouvement mal calculé. Et moi, pour l'instant, je ne suis pas en état de calculer quoi que ce soit.

— Comment avez-vous fait pour rester si longtemps en vie, Gaba ? demande ma compagne tandis qu'à ma grande surprise, le nez de l'astro commence à se redresser. Pas étonnant que vous ayez peur des femmes : elles vous sont tellement supérieures !

— Je n'ai *pas* peur des femmes ! martelé-je, ulcéré. Et certainement pas d'une petite...

Betty reprend brusquement la position horizontale. Par voie de conséquence, je suis catapulté en arrière et je me retrouve affalé dans mon fauteuil, le souffle coupé.

— Et voilà ! entends-je. Maintenant, il ne nous reste plus qu'à nous débarrasser de ce poids mort. Poussez-vous de là, Gaba, que je branche les sondes atmosphérique.

Sylma m'expulse de mon siège sans ménagement. Assis par terre, je l'entends qui pianote sur le clavier de l'ordi.

— L'air est parfaitement respirable, marmonne-t-elle. Vous avez de la chance : nous n'avons plus qu'une combi et vous ne la porterez plus très longtemps, c'est moi qui vous le dis. Je commence à me les cailler, dans ce tas de ferraille.

Quoique mon mal de tête ne diminue en rien, la vision commence à me revenir. Installée en conquérante dans le siège du pilote, ma belle compagne est toujours nue comme un ver. Je ne sais pas pourquoi, ça ne me donne même pas d'idées.

— Il y a un chalumeau dans votre boîte à outils ? demande-t-elle. Il faut couper ce câble !

Je hoche la tête. Une seule fois : c'est trop douloureux.

— Eh bien, sortez-le ! Qu'est-ce que vous attendez ? Qu'il neige ?

Je suis en trop piteux état pour réagir mais me promets cependant de lui administrer une bonne fessée dès que j'irai mieux. Ensuite seulement, je la remercierai de nous avoir tirés de la merde.

— Dites donc, m'informé-je. Vous ne croyez tout de même pas que je vais sortir sur le capot pour aller cisailler ce putain de câble ?

J'entends sa réponse avant même qu'elle ne la prononce.

CHAPITRE VIII

A l'aide du chalumeau, je cisaille consciencieusement le câble qui nous relie encore à l'astro défunt de Slex-ik, en essayant de ne penser ni à ma position pour le moins inconfortable, ni à l'univers improbable qui s'étend autour de moi.

Pas étonnant que nul n'ait jamais découvert Stargrave. Avant de sortir, j'ai jeté un coup d'œil aux coordonnées calculées par l'ordi : soit il cafouille complètement, soit le cimetière des astronefs se situe en dehors de l'univers connu, dans une galaxie tellement excentrée que nul n'y avait encore jamais mis les pieds — à l'exception des infortunés pilotes venus s'y crasher et, peut-être, de John I. Mustgotothe.

Je suis allongé sur le capot de *Betty*, une corde attachée au pied. Dans l'astro, dont la coupole de plexydur est restée ouverte après ma sortie, Sylma tient l'autre bout. J'espère qu'elle ne va pas trouver amusant de me laisser tomber maintenant, dans tous les sens du terme. Je garde un œil sur elle mais, en cas de pépin, ça ne me servira guère qu'à comprendre un peu plus tôt que je suis foutu.

Une lumière bleutée me baigne, issue du soleil azuré autour duquel orbite ce système. Le résultat est sinistre, oppressant, tout à fait approprié pour un cimetière.

A quelques centaines de mètres en contrebas s'étend Stargrave. Bleue, elle aussi. *Totalement bleue*. Je m'attendais à découvrir une sorte de gigantesque terrain vague, jonché de cadavres d'astros déchiquetés. Il n'en est rien. Stargrave, c'est un peu l'inverse de Timéodanaos : un immense océan, dont pas le moindre îlot ne semble percer la surface. Les fonds sous-marins, eux, doivent bien ressembler à un terrain vague jonché d'astronefs, mais je ne sais pas encore comment je vais pouvoir m'en assurer. Un problème à la fois. Pour l'instant, je concentre la flamme du chalumeau afin de vaincre l'alliage ultra-résistant du câble. Slex-ik était vraiment furieux contre moi : tout cet appareillage a dû lui coûter une fortune. J'espère pour lui qu'il l'avait acheté à crédit : ses créanciers vont en être pour leurs frais.

Un bon quart d'heure après que j'aie commencé mon travail, tandis que le pilote automatique nous fait faire le tour de la planète, à peu près au niveau de l'équateur, les derniers torons métalliques cèdent enfin. En un gracieux mouvement contraire, l'astro de mon ex-ennemi reprend une chute qui ne tardera plus à s'achever — et *Betty*, brutalement libérée de son lest, s'envole dans les nues, amorce un looping.

— Meeeerdeeeuuu !

Je sais : comme dernière parole, c'est pas terrible, mais on fait ce qu'on peut.

Je glisse à toute vitesse le long du capot, lâchant le chalumeau dans l'espoir de pouvoir me raccrocher à quelque chose. Mais il n'y a rien à quoi je puisse me raccrocher. Dans le cockpit, mon œil central voit Sylma s'activer sur les commandes, tenter de redresser. Trop tard. Déséquilibré, je roule de droite et de gauche et brusquement, il n'y a plus rien sous moi.

En clair : je tombe !

Assis sur le dossier de mon siège, juste devant mon œil, Robert agite ses bras écartés, comme pour me suggérer d'apprendre à voler, mais je...

...Sylma s'activer sur les commandes ?

...tenter de redresser ? ? ?

Nom de Dieu, cette conne a lâché la corde ! Plus rien ne me retient à rien, sinon un vague cheveu à la vie. Un cheveu que je sens s'étirer de plus en plus vers son point de rupture, au rythme de l'accélération qui m'emporte vers la surface bleutée de Stargrave. Laquelle, à la vitesse où je vais la toucher, me fera l'effet d'un sol de béton. Ici, on va m'appeler Gaba l'Explosé.

Pas très longtemps, hélas...

Là-haut, la Bipecto a réussi à stopper le looping, à stabiliser *Betty*. Grand bien lui fasse. J'aurais dû me douter qu'elle me laisserait crever. J'aurais...

Non ! A priori, elle ne l'a pas fait exprès. Elle pousse à fond le levier de direction. Elle plonge. Je la vois se mettre debout et donner à Robert des ordres que je n'entends pas. Ah ! pourquoi n'ai-je pas aussi une oreille mobile ?

Le Néo-Léprechaun se rue à l'arrière de l'astro et soulève un tapis, révélant les deux pistolasers dont il nous a délestés. Il s'empare de celui de Sylma, de loin le plus puissant, et le charge sur son épaule comme je chargerais un bazooka sur la mienne. De la langue, il presse la détente, à deux reprises. S'il en avait la possibilité, mon œil s'écarquillerait. Cette petite peste est un tireur d'élite : les fixations des deux fauteuils volent en éclats. Sylma abandonne un instant les commandes pour les saisir l'un après l'autre, faisant preuve d'une force que dément sa silhouette gracile, et les balancer par la coupole ouverte. Plus lourds que moi, les deux sièges ne tardent pas à me rattraper, puis à me dépasser. Ils me frôlent en sifflant comme deux grosses bombes. Qu'est-ce qu'elle cherche à faire ? M'assommer pour que je souffre moins à l'arrivée ?

Robert laisse tomber son arme et s'empare du matelas pneumatique sur lequel je dors quand je suis obligé de passer la nuit dans *Betty*, le traîne péniblement jusqu'au-dessous de la coupole, à la place des fauteuils disparus, et en arrache la canule autogonflante d'un coup de langue.

Ça y est : je comprends ce qu'ils tentent de faire. Je comprends aussi que c'est ma seule chance. Ça me fout le cafard.

Coincée entre le matelas désormais gonflé et le tableau de bord ouvert, la Bipecto continue tant bien que mal de manœuvrer. *Betty* arrive à ma hauteur, descend un peu plus bas, décrit deux ou trois cercles — comme pour viser.

Enfin, quelque chose comme dix mètres en contrebas, mon cher vieil astro s'immobilise.

M'attend.

J'ai déjà chû sur plus de cent mètres. J'ai acquis une vitesse colossale. Je risque de traverser et le matelas et le plancher et la coque, auquel cas il y aura trois morts au lieu d'un. Il n'y a que moi pour me fourrer dans ce genre de situation[1]. Attention : j'arrive !

BOOIINNGG !!!

Je ne défonce pas le matelas. C'est un *Grododo* premier choix, que j'ai acheté à prix d'or un jour que j'étais riche. Je ne regrette pas mes sous. Ma chute est stoppée en douceur par la surface élastique, merveille technologique conçue pour absorber les chocs afin d'assurer un sommeil paisible. Je m'enfonce sur cinquante centimètres environ.

Et puis je rebondis.

A moitié sonné, je n'ai pas eu le temps de m'agripper à quoi que ce soit. Je repasse par l'ouverture circulaire de *Betty*. Je remonte sur quelques mètres. Je retombe. Je rebondis encore. Un peu moins haut. Je verse une larme discrète sur le sort des ballons de basket, dont je mesure soudain la terrible destinée.

Et enfin, je me stabilise.

Vidé.

1. Non, il y a moi, aussi ! (Note de Vil Coyote)

Ecœuré par la vie.

Et cette *migraine!*

J'en ai assez. Même si j'ai fait un ou deux séjours dans les pommes, je n'ai pas pris une heure de véritable repos depuis le début de cette histoire. Cette fois-ci, j'en profite.

Je dors...

— Gaba?

— Silence! Je dors!

*
**

VEUILLEZ NOUS EXCUSER POUR CETTE INTERRUPTION MOMENTANÉE DE LA NARRATION, DUE À UNE GRÈVE SURPRISE D'UNE CERTAINE CATÉGORIE DE PERSONNEL. MERCI DE VOTRE COMPRÉHENSION. (NOTE DE L'ÉDITEUR CONSTERNÉ)

*
**

Quand je me réveille, il fait toujours jour, mais sais-je seulement si la nuit peut tomber, ici?

Le pilote automatique est enclenché. Assis au bord du matelas pneumatique, Sylma et Robert me regardent avec une expression inquiète. C'est bien gentil de leur part. Je suppose que je devrais dire merci mais je m'en sens incapable. Peut-être parce que c'est le froid qui m'a réveillé. Je ne porte plus que mon pull et mon caleçon. La Bipecto m'a dépouillé de ma combi et se l'est appropriée : ça lui va comme un sac de patates mais, au moins, elle est décente. Et moi, j'ai froid.

— Bien, dis-je néanmoins. Je propose que nous enterrions la hache de guerre. Nous avons tous les trois fait des conneries mais aucun d'entre nous n'aurait pu s'en tirer sans les deux autres, alors on oublie tout, d'accord ?

Ils hochent la tête, en sont apparemment arrivés à la même conclusion.

— Tout ce qu'on a à faire, maintenant, c'est trouver la *Campanule Cosmique* et rentrer chez nous, conclus-je, me sentant dans la peau d'Hercule, le jour où on lui a annoncé qu'il ne lui restait plus qu'à enchaîner Cerbère pour qu'on lui foute la paix. Les caméras de *Betty* sont assez puissantes pour nous permettre de voir à quelques mètres sous la surface, mais ça m'étonnerait que ça suffise. Et de toute façon, il nous faudrait des années pour explorer toute la planète. C'est le moment de trouver une idée, les enfants.[1]

— Moi, j'en ai une, déclare Sylma. Ça suppose qu'on ait de la chance, mais ça peut marcher.

— Dites toujours, l'encouragé-je.

— On considère qu'un astronef meurt dès l'instant qu'il est trop endommagé pour être réparable. C'est alors que son cerveau le transporte ici. Mais le cerveau lui-même ne meurt pas. Ça veut dire qu'il y a des milliers de cerveaux actifs au fond de cet

1. A qui le dis-tu ! (Note de l'auteur perplexe)

océan. Pour peu qu'on s'approche assez près, même si je ne contrôle pas mon pouvoir, je devrais recevoir les pensées de certains d'entre eux.

— Recevoir les pensées d'un cerveau positronique ? m'exclamé-je. Qu'est-ce qui vous fait croire que c'est possible ?

— J'ai capté celles du vaisseau de Slex-ik au moment où nous l'avons mitraillé.

— Ah ! Et qu'est-ce qu'il pensait ?

— « Bordel de merde, cette fois-ci, je suis bon pour la ferraille. » Je cite...

Je chasse d'un revers de neurone les objections qui se forment en moi. De toute façon, je n'ai pas de meilleure idée.

— Qu'est-ce que vous suggérez ?

— Faites du rase-vagues en quadrillant la planète à vitesse réduite. Moi, je vais m'allonger et ouvrir mon esprit.

Comme elle joint le geste à la parole, je me demande s'il ne s'agit pas simplement d'un prétexte pour faire une sieste. Je ne lui en voudrais pas d'avoir envie de dormir, mais elle n'a pas besoin de nous donner de faux espoirs pour si peu.

Grimpé sur une caisse, Robert me tire par la manche. Je me baisse jusqu'à lui.

— Si j'étais toi, je me méfierais, susurre-t-il. Je ne sais pas pourquoi mais j'ai l'impression qu'elle nous bourre le mou.

Je hausse les épaules. Que veut-il que j'y fasse ? Enjambant le matelas pneumatique, je vais remettre le tableau de bord en place avant de reprendre des commandes nettement plus maniables pour exécuter la manœuvre ordonnée par Sylma.

Pendant de longues minutes, il ne se passe rien. Rien du tout. Stargrave se déroule sous *Betty* à la manière d'un gigantesque lac. Faire du rase-vagues, c'était une expression imagée : il n'y a pas le moindre souffle de vent, ici, pas la moindre ride à la surface de la planète.

La Bipecto a fermé les yeux, croisé les bras — paumes sur les épaules. Ses lèvres entrouvertes sont animées de tremblements irréguliers. On la croirait en transe. Peut-être l'est-elle.

— La *Campanule Cosmique*, murmure-t-elle soudain, la voix rauque, hallucinée. C'est la *Campanule Cosmique* que je cherche. Est-ce vous ? M'entendez-vous ?

Tiens ! On dirait que ça marche, finalement. A moins qu'elle ne soit en train de jouer la comédie, elle a bel et bien réussi à contacter quelqu'un. Ou, plus sûrement, quelque chose. Je n'ose pas l'interrompre par des questions.

— Mon Dieu ! Quelle tristesse je sens en vous ! continue-t-elle. Quelle solitude ! Depuis combien de temps êtes-vous sur ce monde ? Cinquante ans... Quel destin ! Mais je vous entends moins bien soudain, je... Nous sommes trop éloignés, maintenant. Je l'ai perdu. Allô ! Allô ! Je cherche la *Campanule Cosmique*. Ah, en voici un autre. Etes-vous la *Campanule Cosmique ?* Non ? Pourriez-vous me dire où je puis la... Quoi ? Non mais dites donc, espèce de malappris, vous savez à qui vous parlez ? Je vous signale que toute tentative de copulation entre une Bipecto et un cerveau positronique est vouée à l'échec. Cochon ! C'est ça, disparaissez. Bon vent ! Allô, je cherche la *Campanule Cosmique*, allô, allô...

Ça continue comme ça pendant des heures — et ce n'est pas une figure de style. Sylma s'entretient avec ses interlocuteurs invisibles comme si elle disposait d'une réserve de salive inépuisable. Apparemment, les cerveaux ne meurent pas lorsqu'ils arrivent sur Stargrave, non, mais ils deviennent complètement dingues. Au fil des évolutions de *Betty*, ma compagne tombe successivement sur un paranoïaque persuadé qu'elle est venue pour l'achever, sur un claustrophobe à l'incommensurable détresse, sur un doux dingue qui se croit au paradis, sur un dangereux maniaque qui, lui, se croit au beau milieu d'une bataille interstellaire, sur un schizophrène qui n'arrête pas de se contredire et puis sur quelques arrivés de fraîche date, pas encore aussi atteints que leurs confrères. Robert et moi en profitons pour absorber un peu de nourriture concentrée : je viens de me rendre compte que je n'ai rien mangé depuis mon arrivée sur Givrée, il y a bien longtemps, et ça commence à faire beaucoup, même pour un héros. Si j'ai le temps, il faudra aussi que je pense tôt ou tard à aller accomplir mes besoins naturels négligés pour le bien de l'histoire.

Et enfin, le miracle se produit.

— Comment ? s'exclame Sylma. Vous la connaissez ? Quelle chance ! Où puis-je la trouver ? Je lui apporte une galette et un petit pot de… 48° de latitude nord, 115° de longitude ouest ? Merci, vous êtes véritablement charmant. Ah ! non, désolée, ce soir je suis prise. Une autre fois, peut-être. C'est ça : à bientôt… glouk…

Sur cette dernière et involontaire onomatopée, ma blonde compagne ouvre largement la bouche pour emplir ses poumons, comme si elle était sur le point de suffoquer. Ses yeux s'ouvrent sur un regard halluciné, elle se redresse brutalement sur son séant en hurlant « L'horreur ! L'horreur ! », puis elle retombe. Inerte. Inconsciente.

Pas de doute : elle était bien en transe.

Vais-je en profiter pour lui reprendre ma combi ? Non, je ne suis pas assez mesquin pour ça. Je me contente de programmer sur l'ordi les coordonnées qu'elle m'a transmises. Même s'il n'y a qu'une chance sur mille pour qu'elles nous mènent à destination, nous devons la tenter, comme avaient coutume de dire Flash Gordon, Buck Rogers et Youri Gagarine.

— Ça ne me plaît pas, marmonne Robert qui s'est juché sur mon épaule. Je trouve qu'elle s'en est rudement bien tirée, pour quelqu'un qui ne sait pas contrôler son pouvoir. Elle nous mène en astro, je te dis !

Je ne réponds pas. Même s'il a raison, Sylma semble en tout cas décidée à m'aider à trouver ce que je cherche. Une fois ma mission accomplie, j'aurai toujours le temps de lui demander des explications.

Betty nous emmène en une petite demi-heure à l'endroit spécifié, au beau milieu de l'hémisphère sud de Stargrave. Je nous y stabilise avant d'aller réveiller la Bipecto par une série de gifles affectueuses.

— Nous y sommes, Sylma. Vous recevez quelque chose ?

Elle se relève péniblement, une main pressée sur son front. Ses paupières à demi affaissées trahissent son épuisement.

— Rien du tout, répond-elle au bout de quelques instants, mais ça ne veut rien dire. La *Campanule* est l'un des premiers astros à être arrivés ici. Peut-être le premier. Sans pouvoir communiquer, ne serait-ce qu'avec ses semblables, son cerveau a dû devenir fou très vite. Si ça se trouve, à présent, il est totalement catatonique. Le seul moyen de savoir si nous sommes sur la bonne voie, c'est de plonger.

Je souris jaune.

— Ne me dites pas qui va s'y coller, surtout. Laissez-moi deviner !

— Vous ne pourriez pas tout simplement y jeter un œil ? avance-t-elle, arrangeante.

— Vous rigolez ? C'est de l'eau salée, là-dessous ! Non, je crois que le moment est venu d'aller faire un saut dans la soute. (Sylma et Robert me regardent comme si je venais de leur proposer une belote.) Vous allez comprendre.

Si je ne l'ai déjà dit, je suis un vieux bourlingueur. J'ai une autre qualité : je ne jette jamais rien. Si bien que la soute de *Betty* est encombrée d'un tas d'objet hétéroclites qui — malgré les apparences, dans certains cas — ont tous une utilité. Il y a là un tel bordel qu'il me faut un moment pour retrouver ce que je cherche, mais je finis par y arriver : entre un transmetteur de matière miniature pour clubs de philatélie intergalactiques et une paire de chaussettes ignifugées, je découvre la combinaison de plongée dont je me suis servi sur la vieille Terre, le jour où je me suis laissé convaincre d'aller voler les fabuleux trésors d'Atlantis. Je n'ai même jamais découvert les ruines mais j'ai gardé le matériel, y compris le masque, les palmes et les bouteilles d'oxygène. Avec ça, la *Campanule Cosmique* est à moi !

— Je vais laisser un œil ici, dis-je en m'équipant. Si vous avez besoin de me dire quoi que ce soit, écrivez-le sur un papier et montrez-le-moi.

Je sors un rouleau de plusieurs centaines de mètres de fine corde en nylon et j'en attache l'extrémité à un anneau serti à cet effet dans la paroi de *Betty*. Le reste, je le fixe à ma ceinture, de manière à ce qu'il se déroule à mesure que j'avancerai.

— Si vous voyez la corde se tendre, c'est que j'y aurai accroché quelque chose ou bien que je serai en danger. Dans tous les cas, cherchez pas à comprendre : tirez !

Sylma et Robert acquiescent. Je cherche ce que j'aurais bien pu oublier de faire ou de dire qui me permette de retarder encore un peu ma tâche, mais je ne trouve rien.

— Bon, conclus-je. Faut y aller…

Ils acquiescent à nouveau, décourageants.

J'ouvre une nouvelle fois la coupole de l'astro, je me hisse à l'extérieur à la force de la béquille et, après une prière muette à ma chance légendaire, j'abandonne ma patte artificielle pour me laisser tomber dans la flotte.

Tudieu, elle est froide !

Ma migraine m'a un peu lâché depuis que j'ai dormi, mais pour peu que je chope la crève, je sens qu'elle ne va pas tarder à revenir au galop. Enfin… Qui n'a pas ses petits soucis ?

Je fais quelques brasses, histoire de me réchauffer un peu, ce qui me permet de constater que nager avec une jambe en moins n'est pas une sinécure, puis je plonge. Le battement vigoureux de mon unique palme me propulse vers les profondeurs avec toute la grâce du canard boiteux qui vient de ramasser du plomb dans l'aile. Bientôt, les eaux deviennent plus sombres et je suis obligé de mettre en route ma torche électrique pour y voir quelque chose. Façon de parler : pour l'instant, il n'y a rien à voir.

Dans l'astro, Sylma s'est à nouveau allongée sur le matelas gonflable, sous le regard nettement concupiscent de Robert. Maintenant que nous sommes tous à peu près réconciliés, j'espère que le Néo-Léprechaun ne va pas vouloir sacrifier une deuxième fois aux rites amoureux de sa race. A l'heure actuelle, il se contente de regarder la Bipecto et de faire des grimaces à mon œil qui plane non loin de lui, mais on ne sait jamais.

Je consulte mon indicateur de profondeur : dix mètres. Douze. La pression commence à me marteler les tempes. Quinze mètres... J'aperçois quelque chose. Quelque chose qui remue. Le faisceau de ma torche m'apprend vite que ce sont des algues. Bon, j'ai atteint le fond, c'est déjà ça.

Je l'explore avec attention, tout en commençant à décrire des cercles concentriques de plus en plus larges. Bizarre... Il n'y a pas le moindre poisson, par ici. Mais peut-être cette planète n'a-t-elle jamais abrité de vie animale.

A la surface. Sylma s'agite un peu. Sa poitrine se soulève plus vite, plus haut, ce qui est charmant mais ne me dit rien qui vaille. Je chasse mes inquiétudes : après tout, même s'il est encore actif, quel mal un cerveau positronique pourrait-il me faire ? La Bipecto remue les lèvres. Sans doute est-elle bien entrée en communication télépathique avec quelque chose. Je me désintéresse cependant d'elle pour me concentrer sur ce que je viens d'apercevoir au fond de l'océan : une forme colossale, sombre, mais pas encore tout à fait recouverte par les algues, si bien que la lumière de ma torche a fait jaillir un miroitement métallique. C'est bien un astro. Seulement est-ce le bon ? Si oui, je ne voudrais pas avoir l'air de me plaindre que la mariée est trop belle, mais je suis de l'avis de Robert : c'est trop facile. Quoique j'en aie chié, j'ai réussi à découvrir en quelques heures une chose que des milliers de gens ont cherchée pendant plus d'un siècle — et tout ça grâce à Sylma. C'est elle qui m'a conseillé de consulter Anklatur et c'est aussi elle qui a déterminé l'endroit où je devais plonger. Quelque chose me dit que, dans un futur proche, j'aurai intérêt à la cuisiner aux petits oignons.

Plus je me rapproche de l'épave, plus je me dis que j'ai gagné le jackpot : c'est un modèle archaïque, dont on a cessé la fabrication il y a des dizaines d'années. De forme oblongue, effilé à l'avant, il mérite plus le nom de fusée que celui d'astronef. J'en fais le tour lentement, examinant les portions de coque encore visibles entre les plaques de végétation sous-marine. La rouille a fait son office, mais pas assez bien pour m'empêcher de repérer l'inscription ...P...LE C..M...E Y. sur un flanc. J'en sais assez. Il ne me reste plus qu'à rentrer à l'intérieur.

Cette tâche s'avère plus aisée que je ne l'aurais cru. Je n'ai pas besoin de me fatiguer à débloquer une des portes de l'astro : il y a déjà un trou dans la coque, un trou du type excavation. C'était d'ailleurs à prévoir : la *Campanule* n'est pas arrivée ici par hasard.

Après m'être assuré que ce passage improvisé ne recèle pas de danger apparent, je m'y engage résolument. J'arrive en plein dans la salle des machines, jadis ravagée par un obus — ou équivalent en monnaie locale — et désormais rongée par le sel. Même si j'en avais le temps et l'envie, il n'y a rien à récupérer ici. Dans l'une des parois s'insère une porte close que je tire sans le moindre mal, l'eau ayant envahi la totalité de la carcasse métallique. Elle donne sur une pièce où palpite une lueur rouge clignotante — apparemment le poste de pilotage. Je n'ai guère le temps de m'en assurer car il se produit alors simultanément trois événements qui me font regretter de ne pas être resté couché. Présentons-les dans l'ordre où ils portent atteinte à mon moral : primo, mon œil central voit Sylma se redresser en hurlant, tout comme la première fois, et se mettre à balbutier des choses que je n'entends évidemment pas mais qui emplissent Robert de la plus frénétique agitation ; secundo, une voix résonne dans ma tête, une voix froide, profonde, qui murmure ces simples mots : *Tu vas crever, Gaba* ; tertio — et dernio —, deux silhouettes humaines apparaissent en face de moi, menaçantes. Quand je dis « humaines », je m'avance d'ailleurs peut-être un peu. Le premier homme est une sorte d'athlète torse nu, dont le visage est couvert par un masque lisse et doré. La machette qu'il porte en main n'a de toute évidence souffert d'aucun séjour prolongé dans l'eau et il semble décidé à s'en servir. L'apparence de l'autre est encore plus étrange : sous son chapeau de feutre, qui conserve sa forme Dieu sait comment dans l'élément liquide, il a des traits d'écorché vif, éclairés par un sinistre rictus. Les doigts écartés de ses deux mains sont prolongés par des griffes démesurées qu'on dirait faites de l'acier le plus acéré.

N'écoutant que mon courage, je fais un brusque mouvement arrière, bien décidé à refermer la porte, quand je sens quelque chose dans mon dos. Un coup d'œil rapide m'apprend qu'un troisième lascar a surgi derrière moi. Et c'est le plus étonnant de tous, le plus effrayant aussi, compte tenu du contexte.

En deux mots comme en cent, il s'agit d'une *vieille dame*. Courbée, vêtue d'une longue jupe noire et d'un gilet miteux comme plus personne n'en porte depuis des siècles, le crâne couvert de cheveux blancs réunis en chignon, elle tient dans sa main levée un long couteau de cuisine dont, sans conteste, elle me menace. Instinctivement, je comprends que, malgré son aspect chenu, elle est plus dangereuse que les deux autres réunis.

Dans l'astro, Sylma griffonne furieusement sur une feuille de papier. Mon œil mobile lit par-dessus son épaule, me transmettant le message à mesure qu'il s'inscrit.

LE CERVEAU DE LA CAMPANULE EST DEVENU COMPLÈTEMENT FOU !

Qu'est-ce que tu veux que ça me foute, connasse ? J'ai un problème plus urgent. La vieille frappe, nullement ralentie par l'eau qui nous environne. Pour échapper à son coup de couteau, je n'ai qu'une seule solution : franchir la porte et me jeter dans les bras de ses deux compères. Je m'y résous sans enthousiasme.

Tu es foutu, Gaba, reprend la voix dans ma tête. *Cet astronef sera ton tombeau.*

C'EST DEVENU UN TUEUR PSYCHOPATHE TOTALEMENT INCONTRÔLABLE. D'UNE PUISSANCE PHÉNOMÉNALE.

Le type masqué se jette sur moi avant que je n'aie le temps de refermer la porte au nez de l'ancêtre meurtrière. Je bloque son attaque de l'avant-bras et lui balance mon poing au plexus. Peine perdue : moi, je ne suis pas dans mon élément. Il sent à peine le coup. Comment est-ce possible ? Comment ces trois personnes qui sont apparemment dépourvues de branchies peuvent-elles respirer sous l'eau et s'y déplacer tels des poissons ?

Un coup de griffes me frôle l'épaule. Dans mon esprit, j'entends comme un rire satanique. Levant le pied, je prends appui sur le torse de mon nouvel adversaire pour me propulser en arrière, le dos à la cloison. Au moins, je verrai ce qui me tuera.

CE QUE TU VOIS N'EST PAS RÉEL. CE SONT DES FANTASMES ENVOYÉS PAR LE CERVEAU.

Cette fois, les griffes ne me manquent pas. Elles laissent trois sillons parallèles, heureusement peu profonds, dans le gras de ma cuisse droite. Tandis que, sur l'autre front, la machette se relève, je cherche désespérément des yeux un objet qui pourrait me servir d'arme. Pas réel ? J'aimerais bien le croire mais j'avoue que j'ai du mal. Il faudrait peut-être que je ferme les yeux...

L'arrivée de la vieille femme dans la pièce m'en dissuade. Trop frêle pour passer devant les deux hommes, elle les encourage cependant du geste et de la parole – il me semble réellement entendre les cris aigus rythmiques qui s'échappent de sa bouche ouverte –, si bien qu'ils redoublent d'ardeur pour m'attaquer.

MAINTENANT QUE TU AS CRU EN EUX, ILS NE S'EN IRONT PLUS. IL FAUT DÉBRANCHER LE CERVEAU, GABA, C'EST TA SEULE CHANCE.

Et pourquoi pas changer le soleil en boule de neige, pendant qu'on y est ? Machette et griffes se préparent à s'abattre. Dans la vie, il faut savoir faire des choix. L'homme masqué n'ayant qu'une main armée, c'est sur lui que je jette mon dévolu et l'ensemble de ma personne par la même occasion, avec toute la vitesse que m'autorise mon attirail de plongeur. Ma torche électrique rend le dernier soupir en interceptant le coup de lame qui m'était destiné. Je sens les griffes de mon autre adversaire qui me labourent le dos, mais je ne m'en préoccupe pas : j'insère une main entre les cuisses du tueur, je remonte jusqu'à l'entrejambe et je tords de toutes mes forces. Il se plie en deux. Dans ma tête résonne un sifflement suraigu. Je profite de son trouble momentané pour passer derrière lui et lui enserrer le cou d'un bras, dans l'intention avouée de l'étrangler. Ce ne sera sans doute pas nécessaire : surpris par ma manœuvre, mon autre agresseur n'a pas eu le temps de s'arrêter. Ses griffes s'enfoncent profondément dans le torse de son camarade, d'où s'écoule un sang noir et visqueux. La seconde d'après, j'ai un poids mort sur les bras. La machette glisse entre les doigts relâchés et tombe à terre.

Me servant du défunt comme bélier, je repousse le type au chapeau, le déséquilibre. Comme il tombe en arrière, je lui expédie son comparse sur le paletot et j'utilise les précieuses secondes ainsi gagnées pour ramasser la lame abandonnée. On dirait que la chance tourne.

Mord-toi la langue, Gaba! Ha, ha, ha!

Lorsque je perçois le mouvement de la vieille, à la limite de mon champ de vision, il est déjà trop tard pour tout, sauf pour me jeter en avant. Le couteau de cuisine me manque d'une bonne dizaine de centimètres mais tranche tout de même quelque chose.

Je vous le donne en mille!

Le tuyau d'arrivée d'oxygène.

Noyé ou éventré, maintenant je n'ai plus que l'embarras du choix. A moins que...

Tandis que je nage en zigzag pour tenter d'éviter les nouveaux coups furieux que me décoche la mémé déchaînée et que je m'attends à un retour triomphant de l'autre maniaque, je repère la source du clignotement écarlate qui vient périodiquement baigner le poste de pilotage. C'est une sorte de cloche transparente, insérée dans un grand tableau de commande sur la gauche de la pièce. A l'intérieur, je distingue une masse luisante, vaguement sphérique, a priori composée de deux hémisphères juxtaposés.

Ou de deux lobes.

Le cerveau, bien sûr. Un des premiers cerveaux positroniques, datant de l'époque où les concepteurs ne s'étaient pas encore débarrassés de leurs tendances à l'anthropomorphisme.

Privés d'air, mes poumons commencent à me brûler. Mes deux adversaires se ruent vers moi de manière à me prendre en sandwich. Je n'ai rien contre les tranches de jambon mais, personnellement, je n'ai jamais eu la vocation. Malgré ma cage thoracique prête à exploser, je me contrains à attendre le dernier moment pour agir. Et au dernier moment, j'agis.

Je me baisse et je me catapulte en avant, façon torpille, passant entre deux paires de jambes hébétées[1]. Oh, l'homme aux griffes et la grand-mère ne s'embrochent pas mutuellement, non. Je n'aurais jamais osé en espérer tant. En revanche, ils s'écrasent le nez sur la paroi contre laquelle je me tenais, et ça me donne le temps de nager jusqu'au cerveau.

Tu n'as aucune chance, Gaba ! Ne touche pas à ce tableau de commande ou tu mourras !

C'est ça, cause toujours ! Je lève la machette à deux mains et je l'abats non pas sur le globe luminescent — que je devine incassable — mais sur la plaque qui l'entoure. La lame perce le fin revêtement métallique et s'enfonce jusqu'à la garde dans les entrailles de la bête.

Un *Aaaaaarrgghh !* déchirant retentit dans mon esprit. J'ai visé juste. Derrière moi, les deux zigotos se sont figés, tremblants, les yeux écarquillés par la

1. *Il écrivait comme il parlait : de sa plume acérée.* (Note de Ponson du Terrail.)

terreur. Je frappe à nouveau, de l'autre côté du cerveau. Dans le globe, la lumière clignote de plus en plus vite. Les hurlements qui m'assaillent m'empêchent presque de penser... Presque seulement. J'abats la machette, encore et encore.

Jusqu'à ce que les deux tueurs disparaissent enfin, retournent au néant dont ils n'auraient jamais dû sortir.

Jusqu'à ce que la lumière rouge diminue progressivement d'intensité puis finisse par s'éteindre.

Jusqu'à ce que le cerveau soit déconnecté.

Jusqu'à ce que je tranche malencontreusement le fil qu'il ne fallait pas trancher et que je me ramasse dans les pattes une décharge électrique monumentale qui me fait oublier où je suis.

Mes lèvres s'ouvrent sur un hurlement de douleur muet, une inspiration involontaire inonde mes bronches, la souffrance explose dans tout mon être avec l'intensité d'un pétard de mardi-gras dans une boîte de petits pois, et une chape de plomb s'abat sur moi. Ma dernière pensée consciente est « Au secours, je vais me noyer ! »

Ensuite, je me noie.

CHAPITRE IX

Je dois être au paradis.

L'univers est constitué par une myriade de petites explosions colorées où une seule forme se dessine avec précision. Celle de Sylma, penchée au-dessus de moi, approchant son visage du mien. Nos lèvres se touchent. La mort a du bon, finalement. Avec toute la fougue que m'autorise mon état, je rends son baiser à la Bipecto.

Qui se rejette aussitôt en arrière et me balance une mandale à assommer un bœuf.

— Dites donc, Gaba, faudrait pas confondre respiration artificielle et préliminaires érotiques ! s'exclame-t-elle, furieuse.

Les couleurs qui dansent autour de moi se dissipent lentement, révélant les parois grises de *Betty*, le visage hilare de Robert. Je prends conscience que je suis trempé comme une soupe, que j'ai atrocement mal dans la cage thoracique et au ventre, que j'ai envie de vomir. Enfin, bref, que je suis vivant.

Je roule sur le côté pour laisser s'échapper de moi toute l'eau que j'ai avalée, inondant le plancher.

— Je vous prie de m'excuser : je n'étais plus moi-même, mens-je effrontément dès que je peux parler. Qu'est-ce qui s'est passé ?

— La corde s'est tendue juste au moment où Sylma a cessé de recevoir tes ondes mentales, m'informe Robert. Alors on t'a tiré de là-dessous et on t'a ranimé.

— J'aime bien ce « on », persifle la Bipecto. C'est moi qui ai tout fait.

Bien ! Quels que puissent être les soupçons que j'entretiens à l'égard de ma charmante compagne, elle vient indéniablement de me sauver la vie.

— Je vous remercie, dis-je, sincère. J'étais franchement mal barré.

Je leur résume en quelques mots mes aventures au fond de l'eau.

— Et tout ça pour rien, conclus-je, découragé. Sans équipement de plongée, il ne faut plus compter récupérer quoi que ce soit dans l'épave.

— Ne soyez pas défaitiste, me contre Sylma. J'ai la solution.

J'avais peur qu'elle dise quelque chose comme ça...

— On peut savoir ?

— Le tuyau d'arrivée d'oxygène, on peut le rafistoler. Quant à l'oxygène lui-même, il suffit d'en synthétiser.

J'ouvre de grands yeux.

— Vous savez faire ça, vous ?

Elle me toise d'un air méprisant, hausse les épaules.

– Naturellement. Pour peu que votre capharnaüm renferme un bec bunsen, une boîte d'allumettes et de quoi bricoler une cornue, je vous en fais à la pelle, de l'oxygène.

Je crains que mon capharnaüm ne renferme précisément les objets précités. Pas de doute : il va falloir que je replonge. Et bien content si, avant, on me laisse appliquer un peu de baume sur mes blessures.

*
**

Pour replonger, je replonge. Deux fois. Avec dans le dos le gros aquarium à l'intérieur duquel Sylma a enfermé son oxygène synthétique. Je ne respire pas aussi bien qu'avec de vraies bouteilles mais tout de même assez pour me taper la corvée.

La première fois, je vais chercher le cerveau positronique qui, quoique déconnecté, est encore intact. La deuxième, j'explore la soute de la *Campanule Cosmique* jusqu'à ce que j'y trouve l'inévitable cache qui renferme l'inévitable coffre qui, inévitablement, renferme le trésor. Attaché au bout de ma corde, ledit coffre me précède de quelques secondes à l'intérieur de *Betty*.

Quand j'y arrive, je trouve Sylma déjà à l'œuvre avec le chalumeau. Je le lui prends des mains d'autorité. C'est *mon* chalumeau. C'est *mon* trésor. C'est *moi* qui l'ouvre.

Le coffre est solide, sans doute étanche – heureusement —, mais je suis patient. Quand la fin de mes ennuis est à portée de main, avec l'immortalité en prime, je suis toujours patient.

Il me faut deux bonnes heures pour venir à bout de l'alliage épais, mais enfin j'y parviens. La porte blindée pivote, encore fumante, révélant le mystère de ses entrailles à mes yeux éblouis.

A mes yeux exorbités !

Ce putain de coffre est vide !

Presque vide...

Là, stupidement posée sur un coussinet de velours rouge, il y a une enveloppe qui, vue sa taille, ne peut pas renfermer plus d'un feuillet. Je ne crois pas que le secret de l'immortalité tienne en si peu de place.

Et puis il y a autre chose.

Sur l'enveloppe, à la place de l'adresse, il y a écrit « Pour Gaba », d'une écriture fine et déliée.

Ça, j'avoue que ça me laisse pantois. Ce coffre est censé se trouver sur Stargrave depuis presque un siècle avant ma naissance. Soit cette affaire met en jeu des forces que je ne suis pas à même d'appréhender, soit je suis l'objet d'une farce monumentale dont l'auteur a intérêt à bien se cacher durant les soixante prochaines années. Soit les deux.

Je jette un coup d'œil à mes compagnons. Robert n'a pas l'air moins estomaqué que moi. Sylma arbore un petit sourire énigmatique. Savait-elle, ou bien est-elle tout simplement sensible à l'humour de la situation ? Difficile à dire.

Je me saisis de l'enveloppe et je l'ouvre. A l'intérieur, il y a une lettre. Une lettre pour moi.

Cher Gaba,

Permettez-moi de vous féliciter d'être parvenu à ce résultat, mais je n'avais de toute façon jamais douté de votre succès. J'imagine qu'en cet instant précis, deux ou trois questions d'ordre général vous montent aux lèvres. Si vous désirez obtenir des réponses, rejoignez-moi à ma maison de campagne. Rendez-vous dans la galaxie d'Amental, (Suivent des coordonnées précises). *D'après mes calculs, vous y arriverez juste à temps pour prendre le trou noir de vingt-deux heures quarante-trois. Ensuite, laissez-vous porter.*

Attendant avec impatience de vous rencontrer, je vous assure, cher Gaba, de mes sentiments les meilleurs.

John I. Mustgotothe.

Quelque chose me dit que si j'ouvre la bouche maintenant, je ne vais pas pouvoir m'empêcher d'être grossier. Mustgotothe ! Alors, c'était lui qui tirait les ficelles, pas Aykip D. Foot Jr. Depuis le début, j'ai été manipulé comme un guignol de foire. Mais dans quel but ? Comme il le dit, quelques questions me montent aux lèvres. Bon Dieu ! Et comment que je vais y aller dans sa maison de campagne, à ce salopard ! Et je vais lui faire une tête au carré dont il se souviendra un moment.

Sauf que si je mets le cap sur un autre système solaire que celui de Givrée, la bombe de Foot me pète dans la main. Et si je retourne voir mon employeur pour lui expliquer que j'ai bien trouvé la *Campanule*, mais pas plus de notes sur l'immortalité que de tendresse dans le cœur d'un anthropoïde velu d'Uku, il va me rire au nez. Juste avant de me faire atomiser.

J'ai un problème.

— Je crois que j'ai une idée, m'informe Sylma, qui ne se gêne toujours pas pour lire en moi.

Ça m'aurait étonné, aussi. Je l'interroge d'un regard las, mais *las!*

— Tranchez-vous la main et jetez-la à la mer!

— Vous savez ce que vous pouvez en faire, de vos idées, ma chère Sylma?

— Ne soyez pas vulgaire et réfléchissez un peu, quoique je craigne de vous demander l'impossible : il vaut mieux être manchot et unijambiste que réduit en un million de déchets répugnants. Surtout quand on a sur soi l'adresse d'un bon régénérateur.

— Et pas l'ombre d'un sou pour le payer.

— Nous avons un cerveau positronique, me rappelle-t-elle. Ça se monnaie. (Elle pousse un long soupir.) Je dois être folle, mais je me suis attachée à vous, Gaba. Je veux bien renoncer à ma part du gâteau pour vous payer de nouveaux membres.

C'est trop gentil. Et le pire, c'est qu'elle a raison. Cette solution est bien, et de très loin, la meilleure. Alors, pourquoi ne sens-je pas poindre en moi la plus petite trace de motivation? La logique a dû me déserter.

— Et comment proposez-vous de procéder à l'opération?

— On a le choix : pistolaser ou chalumeau. Je préconiserais le pistolaser.

— Et pour l'anesthésie ?

— Un grand coup sur la tête devrait faire l'affaire.

Et merde !

*
**

Quiconque n'a jamais dirigé volontairement son astro vers la gueule béante d'un trou noir ignore cet instant délicieusement atroce où l'on se dit que là, franchement, on vient de faire une grosse connerie.

Ensuite, il y a l'obscurité, puis de la lumière rouge, puis l'obscurité, puis de la lumière orangée, puis l'obscurité, et ainsi de suite. Toutes les couleurs du spectre se succèdent interminablement, à une vitesse stroboscopique qui donne le vertige.

C'est Sylma qui pilote, bien sûr. Moi, l'infirme, je suis assis dans mon coin et je me tais.

— Je ne contrôle plus l'astro, m'informe ma compagne au bout de quelques secondes. Il y a une force qui nous entraîne. Vous croyez que c'est normal ?

Je hausse les épaules. Bien sûr que c'est normal. Tout est prévu, dans cette affaire, non ? Alors pourquoi pas ça ?

Nous naviguons ainsi pendant de longues minutes dans un silence total, à moitié hypnotisés par les lumières colorées.

Et puis un point blanc apparaît devant *Betty*, un point qui grossit de plus en plus, comme la sortie d'un tunnel. Le trou noir nous largue enfin, à la verticale d'une planète de petite taille, illuminée par sept soleils de couleurs différentes. Leur action conjuguée aboutit à la création de lumière blanche ordinaire mais je dois dire que le tableau est très esthétique. Dommage que je ne sois pas d'humeur à l'apprécier pleinement.

Toujours guidé par un aimant invisible, l'astro perd de l'altitude et se dirige vers une petite île isolée au milieu d'un océan. Plages de sable fin. Palmiers. Sur une colline basse se dresse une vaste demeure blanche, entourée par des hectares et des hectares de pelouse. C'est sans doute ça, la « maison de campagne ». A moins qu'il ne s'agisse de la planète tout entière : Mustgotothe doit avoir les moyens de se payer un monde.

Betty se pose en douceur sur l'astroparc aménagé devant la villa, à deux encablures d'une superbe piscine où batifolent de non moins superbes créatures, appartenant à toutes les races humanoïdes connues. Le harem du maître, sans doute...

Les jeunes femmes ne nous prêtent pas la moindre attention quand nous sortons dans l'atmosphère tropicale qui règne ici. Je rattrape de justesse Robert qui s'apprête à courir vers elles et le juche sur mon épaule. C'est pas le moment ! Sylma à mon côté, je boitille vers la maison de Mustgotothe, grimpe les quatre marches du perron de marbre et tire la sonnette qui jouxte les deux battants de chêne ciselés. Le son clairet d'une cloche résonne à l'intérieur.

Quelques secondes plus tard, la porte s'ouvre, livrant le passage à une soubrette vêtue d'une courte robe noire et d'un petit tablier blanc. Elle porte en main un plateau sur lequel repose un grand verre empli d'une épaisse boisson rosâtre.

— Bonjour, mademoiselle, bonjour, messieurs, nous accueille-t-elle, tout sourire. Nous vous attendions avec impatience. M. Mustgotothe se trouve actuellement sur le green numéro deux, derrière la villa. Si vous voulez bien avoir l'obligeance de lui porter son lait-fraise, je suis sûre qu'il se fera un plaisir de vous accorder un entretien.

Avant que j'aie le temps de réagir, elle me tend son plateau, que je soutiens machinalement de la seule main qui me reste, puis elle nous referme la porte au nez. Je suis tellement estomaqué que j'en reste muet. Maintenant, on me prend pour un serveur ! Le lait-fraise, j'ai bien envie de le balancer sur la pelouse, juste pour voir si ça repousse.

— Ne faites pas quelque chose que vous pourriez regretter, me conseille Sylma. Il sera toujours temps de ruer dans les brancards. Venez ! Allons voir Mustgotothe.

Malgré ma colère, je sais qu'elle a raison. Je ne dois pas dévier du scénario prévu avant d'en maîtriser toutes les données.

— Eh ! la rappelé-je en la voyant s'éloigner. Vous pourriez quand même porter cette saloperie de plateau.

— Si on vous l'a donné à vous, il doit y avoir une raison, répond-elle sans se retourner.

Groumph !

Et me voici, moi, Gaba, le plus célèbre trafiquant de l'Univers : une jambe en moins, le moignon de la main droite solidement ficelé à une béquille télescopique dont je ne peux même plus manœuvrer le potentiomètre, suivant à la trace une Bipecto tyrannique, avec un Néo-Léprechaun sur l'épaule et un lait-fraise dans la main gauche. Si quelqu'un que je connais me voit, je n'aurai plus qu'à me flinguer.

Nous contournons la villa et arrivons devant une série de pelouses vallonnées, parsemées de trous et de petits drapeaux colorés. Le golf ! Au vingt-huitième siècle, il y a encore des gens qui jouent au golf ! Où va se nicher le snobisme !

A quelques centaines de mètres de nous, plusieurs personnes sont assemblées près d'une petite voiture qui doit les transporter d'un trou au suivant comme les grosses loches richissimes qu' elles sont. Je sens se contracter sur mon visage les muscles qui servent à faire la gueule. Le verre de lait glisse sans cesse d'une extrémité à l'autre du plateau, menaçant à tout instant de se renverser, mais je n'en ai cure : je presse le pas.

Maintenant, je distingue mieux les quatre individus absorbés par leur sport stupide. Deux sont visiblement relégués au rang d'accessoires : ce sont des hommes de race noire, vêtus de ridicules tenues formelles qui les font ressembler à des majordomes du temps jadis, chacun portant sur l'épaule les clubs de son maître respectif — auprès duquel il se tient tel un petit chien dévoué. Ce sont certainement des androïdes. Aucun être intelligent doté d'un minimum de dignité n'accepterait pareil emploi.

— Je crois qu'il vaut mieux que vous y alliez le premier, déclare Sylma lorsque nous arrivons à proximité des joueurs.

Je la dépasse sans la voir, les trois yeux fixés sur le dos de John I. Mustgotothe.

Car ce ne peut être que lui. L'autre joueur, celui qui se prépare en ce moment à frapper de son club une balle innocente, c'est une femme d'une cinquantaine d'années, dont les bourrelets inélégants sont mis en valeur par un tailleur serré. Je me demande un instant comment ses talons-aiguilles ne s'enfoncent pas dans la terre et puis je remarque qu'elle lévite à quelques centimètres du sol. Des pastilles antigrav sous les semelles, probablement. Tout, ici, pue la richesse prétentieuse. La nausée me reprend.

— Monsieur Mustgotothe ? interrogé-je d'une voix dont je ne cherche pas à masquer l'agressivité.

C'est un homme de haute taille, sans doute assez âgé car les longs cheveux qui inondent ses épaules sont d'une blancheur neigeuse. Il lève une main pour m'imposer le silence.

— Un instant, mon ami, dit-il, bienveillant. Je suis à vous tout de suite.

Une petite sonnette d'alarme retentit dans un recoin de mon cerveau. Je connais cette voix. Je l'ai même entendue il y a peu. Mais où ? J'ai envie de saisir Mustgotothe aux épaules pour le forcer à se retourner, mais j'ai les mains prises. Alors j'obtempère. Je temporise. Qu'il retarde autant qu'il le désire notre conversation : de toute façon, je ne partirai pas d'ici sans lui avoir arraché des explications satisfaisantes ou, à défaut, sans lui avoir fait bouffer ses oreilles.

La grosse femme lève son club. Robert se laisse glisser à terre mais je ne crains pas l'incident diplomatique : même lui n'aurait pas le mauvais goût de violer ce tas de graisse endimanché. Le club s'abat. La balle s'envole, retombe quelques centaines de mètres plus loin.

— Bravo, ma chère, fort joli coup ! applaudit Mustgotothe. Mais vous n'avez pas encore gagné.

— Votre situation n'est guère brillante, John, répond son adversaire d'un ton pédant. Si vous manquez le prochain coup, vous êtes fini.

— Je ne le manquerai pas, assure-t-il. Mais je vous prie de m'excuser un instant : j'ai une affaire importante à régler.

Ce doit être moi, l'affaire importante, parce que sur ces mots, il se retourne, souriant.

— Bonjour, Gaba, me salue-t-il. Vous êtes juste à l'heure.

— Vous ! m'exclamé-je, estomaqué.

Pas étonnant que je connaisse sa voix : c'est Frank Ducollier, celui dont j'ai inconsidérément défendu la bourse à Tchoume, le régénérateur !

— Frank Ducollier n'existe pas, je l'admets, déclare-t-il d'une voix douce, constatant ma surprise. En revanche, la technique de la régénération a bel et bien été mise au point par les laboratoires Mustgotothe. Avant toute chose, donc, avant même de répondre à vos questions, je vais réparer les aléas que vous avez subis en accomplissant votre mission pour mon compte.

— Ma mission ? Mais...

— Patience, mon cher, patience : vous saurez tout. Edgar ! Débarrassez monsieur, je vous prie.

Servile, le caddie s'approche de moi et me déleste du plateau où, miraculeusement, le lait-fraise ne s'est toujours pas renversé. Mustgotothe, lui, porte la main à sa poche-revolver et, avec un sens de l'à-propos qui fait mon admiration, en tire un revolver. J'ai un mouvement de recul.

— Ne craignez rien, me rassure-t-il, mielleux. Il ne s'agit pas d'une arme. Voyez plutôt.

Il pointe le fin canon de son ustensile sur ma jambe droite. Un fin rayon turquoise s'en échappe lorsqu'il presse la détente. Aussitôt, une douleur atroce s'empare de moi, mais je serre les dents. C'est une douleur positive, une douleur qui laisse présager la délivrance. Je sens mon membre tranché repousser, cellule par cellule, l'articulation du genou se reformer, l'os s'allonger, la moëlle se recréer, le pied se développer, les orteils s'écarter, les poils percer la peau pour reformer cette délicate toison qui a toujours fait mon succès auprès des dames...

— Je vous ferai remettre une nouvelle paire de bottes, promet le régénérateur quelques secondes plus tard, quand l'opération est achevée. Défaites-vous donc de cette béquille : vous n'en avez plus besoin.

Je m'exécute sans mot dire : pour l'instant, les choses prennent un tour satisfaisant. Je me réserve le droit de râler, mais je le ferai avec bien plus d'enthousiasme lorsque j'aurai retrouvé mon intégrité. Devançant l'injonction de Mustgotothe, je tends le bras. Un nouveau rayon me frappe, une nouvelle vague de souffrance m'envahit, et une nouvelle main se développe au bout de mon membre mutilé. Je fais jouer mes doigts avec volupté, puis je serre le poing : je brûle d'envie de l'essayer.

— Maintenant, je crois que j'ai droit à quelques explications, non ?

Mon interlocuteur acquiesce.

— Certes, mon cher, certes, mais souffrez auparavant que je salue ma fille. Il y a des mois que je ne l'ai vue.

Sa fille ? Ma foi oui, pourquoi pas ? C'est d'une logique imparable. Retenant tous les noms d'oiseaux qui me montent aux lèvres, je regarde Sylma s'avancer vers Mustgotothe et lui donner une affectueuse accolade.

— Tu as bien travaillé, ma chérie. Je savais que je pouvais compter sur toi. Ton nouvel astro t'attend dans le garage.

— Merci, papa. Les clefs sont sur le tableau de bord ?

— Non, mais… je rêve ? m'immiscé-je, peu amène. Sylma ? Vous avez fait tout ça, vous avez pris tous ces risques juste pour vous faire offrir un astro neuf ?

La belle Bipecto me jette un regard malicieux.

— Pourquoi pas ? Il y a des siècles que je ne m'étais pas autant amusée. Et puis je n'ai couru aucun risque : papa avait tout prévu. Je vous laisse ! J'ai hâte d'aller essayer mon petit bijou.

Et elle tourne les talons sans autre forme de procès. Pas de sourire. Pas d'au revoir. Pas le moindre petit mot pour me faire comprendre que, même si on n'était pas fait l'un pour l'autre, on a quand même passé un bon moment ensemble. Rien !

Je hais les héroïnes modernes.

— Sur Givrée, je vous ai vu torse nu, rappelé-je à Mustgotothe. Je n'ai pas remarqué que vous étiez un Bipecto.

— Je ne le suis pas. Et Sylma non plus. Nous prenons l'apparence qui nous agrée. Celle que vous connaissez n'est que la plus courante.

— Qui êtes-vous ?

— C'est une longue histoire, mon cher. (il tire de sa poche un porte-cigarettes en or et, après me l'avoir présenté et s'être heurté à un refus buté, allume une blonde euphorisante.) La plus longue de toutes. En fait, tout à commencé il y a plusieurs millions d'années, quand mon amie ici présente (il désigne la golfeuse enveloppée) et moi-même avons pris rendez-vous pour cette partie capitale. Imaginez l'enjeu : le contrôle d'une dimension. Je ne peux pas me permettre de perdre...

— Attendez un peu ! Vous êtes en train de me dire que vous et cette femme, vous êtes des sortes de dieux ?

— Si vous voulez nous définir par un terme humain, je pense que c'est en effet celui qui convient le mieux. Nous sommes éternels, nous disposons de pouvoirs colossaux et nous avons chacun créé une vingtaine d'univers. Cela correspond bien à votre définition de la divinité.

J'ai un claquement de lèvres sceptique. Le dernier type que j'ai entendu prétendre être un dieu, il s'est écrasé en bas d'un immeuble de quarante étages après avoir essayé de voler.

— Admettons, dis-je cependant. Ça ne m'explique pas ce que je fais ici.

— N'est-ce pas évident ? Vous avez entendu tout à l'heure mon amie déclarer que je ne pouvais pas me permettre de manquer le prochain coup. J'ai donc besoin en cet instant de me détendre. Et savez-vous quelle est la chose qui me détend le plus au monde ?

Un grand coup de pied dans le bas-ventre ? Non ? Dommage…

Il désigne son caddie, toujours chargé du plateau.

— L'absorption d'un lait-fraise a toujours provoqué en moi le plus délicieux des prolapsus, m'assène-t-il, impitoyable.

Je reste sans voix.

— J'avais prévu que je me retrouverais dans cette situation, continue Mustgotothe. Je savais qu'en cette minute, j'aurais absolument besoin d'un lait-fraise. Il fallait que je m'assure de son acheminement. J'ai donc créé votre univers.

— ???

— Tout est écrit, vous savez. Tout dépend de la formule employée au moment de la création. J'avoue qu'en ce qui concerne ce cas précis, je ne me suis pas vraiment attaché aux détails, ce qui explique que certaines de vos galaxies sont un peu posées de guingois et qu'il règne une telle anarchie sur la plupart de vos planètes. En fait, je n'ai réellement soigné que la partie qui m'intéressait. Celle qui prédéterminerait votre naissance et votre parcours jusqu'ici. Comme je suis infaillible, je ne pouvais que réussir.

— Attendez un instant, l'interromps-je. Je résume. Si je me trompe, vous me corrigez. Vous voulez dire que vous avez créé l'Univers tout entier...

— *L'un* des univers. Il en existe bien d'autres, dans des dimensions différentes.

— L'un des univers, si vous voulez. Vous avez créé une infinité de galaxies, de mondes, de races — et le cimetière des astronefs, par-dessus le marché —, juste pour que je vienne vous livrer un lait-fraise au bon moment ?

Il acquiesce.

— Bien sûr. Est-ce si surprenant ? Vous-même, lorsque vous désirez voir à la tridivision un film diffusé au milieu de la nuit, ne programmez-vous pas votre enregistreur avant d'aller vous coucher ?

Si. Mais comment dire? Ma stupidité crasse m'empêche de ressentir pleinement l'analogie.

— Et vous n'auriez pas pu tout simplement demander à la soubrette que j'ai vue tout à l'heure de vous l'apporter, votre lait-fraise?

— Non, mon cher, non, m'assure-t-il en secouant la tête. C'eût été beaucoup trop aléatoire. Alors que là, comme vous pouvez le constater, aucun grain de sable ne s'est glissé dans ma parfaite mécanique.

Cette fois, c'est dit : dieu ou pas, je le pulvérise! On ne se sert pas de moi impunément comme d'une marionnette. Je m'apprête à balancer mon poing nouvellement recréé dans la face écœurante de Mustgotothe quand j'aperçois soudain du coin de l'œil quelque chose qui, au dernier moment, suspend mon geste. Un petit sourire étire mes lèvres.

— Aucun grain de sable, en effet, dis-je, aimable.

— Je suis ravi que vous le preniez aussi bien, mon cher. Je sais que j'ai été obligé de vous faire souffrir pour atteindre mon but, mais croyez que je le déplore : je suis un dieu lent à la colère et plein d'amour pour ses créatures. C'est pourquoi je tiens à vous prouver ma reconnaissance : j'ai d'ores et déjà ordonné à mes domestiques de charger dans votre astronef assez de sphères de crédit pour que vous n'ayez plus de soucis à vous faire jusqu'à la fin de vos jours. Vous vous apercevrez que je suis beaucoup plus généreux que cet imbécile de Foot qui croyait pouvoir me supplanter. Lui, un simple humain ! (Il a un petit rire méprisant.) Et maintenant, si vous voulez bien m'excuser, ma partie m'attend.

— Je vous en prie ! Je ne voudrais pas vous priver de votre lait-fraise !

Il se retourne vers son caddie, tend la main.

Se fige.

Je vois ses épaules qui s'affaissent, ses yeux qui doublent de volume, sa bouche qui s'ouvre sur une exclamation muette.

Le verre est vide. Du fameux lait-fraise, il ne reste que quelques gouttes, traquées par une fine langue tubulaire.

— Qu'est-ce que c'est que ça ? balbutie Mustgotothe en découvrant un Robert dont l'estomac a enflé au point qu'on le dirait prêt à éclater.

— Burp ! fait le Néo-Léprechaun en rentrant son appendice démesuré.

— Ça ? m'exclamé-je, hilare. C'est un grain de sable...

— Mon lait-fraise ! se lamente l'être divin, dévasté. Il a bu tout mon lait-fraise ! C'est impossible : je ne peux pas être mis en échec par une créature aussi... aussi négligeable !

— Eh bien, John, vous venez ? s'impatiente sa partenaire. Ou bien chercheriez-vous à briser ma concentration ?

Il se redresse de toute sa hauteur, retrouvant sa fierté.

— La quatre-vingt-dix-neuvième dimension vous appartient, Pélagie, annonce-t-il d'une voix ferme. Je déclare forfait !

La grosse femme lève les bras au ciel, éperdue de bonheur. De toute mon âme, je me fais violence pour résister à son sourire.

— Quant à vous, reprend Mustgotothe à mon adresse, ramassez votre petit camarade et disparaissez ! Je ne prendrais pas la peine de vous châtier — c'est indigne de moi —, mais j'ai horreur de conserver sous les yeux le souvenir de mes erreurs. Le trou noir vous redéposera à votre point de départ.

Je m'incline très bas devant lui.

— A vous revoir, Monseigneur. Si vous avez encore de l'argent à perdre, je suis à votre disposition.

— Foutez-moi le camp !

Je me baisse pour attraper Robert, que je rassieds sur mon épaule et je tourne les talons. Ravi.

— C'était bien pour rendre service, m'informe le Néo-Léprechaun. J'ai horreur du lait-fraise.

— Dès que nous serons arrivés dans un endroit civilisé, je t'offrirai tout ce qui te fera plaisir, camarade, lui assuré-je. Et je ne t'engueulerai même pas si tu violes la barmaid !

***

J'introduis le condensateur de positrons dans l'avaleur de pièces universel. Il se met en place avec un claquement sec.

L'astro démarre.

Nous nous élevons du sol sans tarder, quittant avec une joie indicible le paradis personnel du démiurge éploré. Je me renverse en arrière et j'allume un cigare, caressant affectueusement les cadrans du tableau de bord.

Entre *Betty* et moi, c'est une longue histoire d'amour.

Qui va s'achever à la première casse venue. Maintenant que je suis riche, je vais me payer un astro flambant neuf, un de ces petits bibelots tellement perfectionnés qu'ils se pilotent avec deux doigts.

Mais sans cerveau positronique. Une fois déjà, j'ai failli mourir noyé dans le cimetière des astronefs. Jamais plus ![1]

— Accroche-toi, Robert ! préviens-je tandis que nous plongeons au cœur du trou noir. Dès qu'on est sorti de ce machin, on passe en hyperespace et on se paie des vacances de nababs sur la vieille Terre !

Ta tatalata ta ! Tatalataaaa taaa !

Tatalataaaaaaa !

1. Poil au nez, évidemment. (Note de l'auteur épuisé)

DÉJA PARUS DANS LA MÊME COLLECTION

1800. *Requiem pour une idole de cristal* — Louis Thirion
1801. *Le refuge de l'agneau (Les Antipodes - 2)* — Michel Pagel
1802. *Rollmops Dream (Konnar et Compagnie - 3)* — Pierre Pelot
1803. *Promesse d'ille (Mytale - 1)* — Ayerdhal
1804. *Les épées de cristal (Le Neuvième Cercle - 5)* — Jean-Christophe Chaumette
1805. *Le monde d'en bas (Troglo-Blues - 1)* — Bertrand Passegué
1806. *Viper (La sinsé gravite au 21 - 1)* — Red Deff
1807. *Orbret (Les fleurs et le vent - 1)* — Hugues Douriaux
1808. *Zelmiane (Les fleurs et le vent - 2)* — Hugues Douriaux
1809. *Les amants pourchassés (Les fleurs et le vent - 3)* — Hugues Douriaux
1810. *Apocalypse Junction (Le Commandeur - 8)* — Michel Honaker
1811. *Gilbert le Barbant — Le retour (Konnar et Compagnie - 4)* — Pierre Pelot
1812. *Le guerrier sans visage (Le Neuvième Cercle - 6)* — Jean-Christophe Chaumette
1813. *Honneur de chasse (Mytale - 2)* — Ayerdhal
1814. *Le temps des lumières (Chronos - 2)* — Piet Legay
1815. *Les maîtres des souterrains (Troglo-Blues - 2)* — Bertrand Passegué
1816. *Les pirates de Sylva (Service de Surveillance des Planètes Primitives)* — Jean-Pierre Garen
1817. *Le voyageur solitaire (Chroniques des nouveaux mondes)* — Jean-Marc Ligny
1818. *La guerre en ce jardin* — Richard Canal
1819. *Les fêtes de Hrampa (L'Oiseau de Foudre - 5)* — Félix Chapel
1820. *Chroniques du désespoir* — Roland C. Wagner
1821. *L'île brûlée* — Gilles Thomas
1822. *Dark Spirit (Le Commandeur - 9)* — Michel Honaker
1823. *Danger : mémoire* — P.-J. Hérault
1824. *L'homme du Sid (Le Monde de la Terre Creuse - 8)* — Alain Paris
1825. *Ganja (La sinsé gravite au 21**)* — Red Deff
1826. *Le temps des révélations (Chronos - 3)* — Piet Legay
1827. *De bitume et de sang (Au nom du roi - 1)* — Manuel Essard

Cet ouvrage a été composé par EUROCOMPOSITION
à 92310 Sèvres, France
et achevé d'imprimer en juin 1991
sur les presses de Cox & Wyman Ltd.
à Reading (Berkshire)

– N° d'impression : 8761. –
Dépôt légal : juillet 1991
Imprimé en Angleterre